語言鳥 **P**arrot

語言是通往世界的橋樑

語言鳥 **P**arrot

語言是通往世界的橋梁

臨時急用！

你一定會用到的

即席 한국어! 당신에게 꼭 필요한 기초 한국어 표현

菜韓文

只要你會中文，就可以自信滿滿地「說韓語」！

오뎅 하나와요

빨리 밥 먹고 준비해야 지. 학교에 늦겠다
잘 있습니다. 당신은요?

실례지만, 성함이 어떻게 되
저는 한국 문화를 좋아합니다.

만나게 되어 반갑습니다.

基礎
實用

語言鳥 Parrot

韓國文字的結構

　　韓文為表音文字，分為子音和母音，韓文字就是由子音和母音所組合而成。基本母音和子音各為10個字和14個字，總共24個字。基本母音和子音在經過組合之後，形成16個複合母音和子音，提高其整體組織性，這就是「韓語40音」。

　　每個韓文字代表一個音節，每音節最多有四個音素，而每字的結構最多由五個字母來組成，其組合方式有以下幾種：

1. 子音加母音，例如：나（我）
2. 子音加母音加子音，例如：방（房間）
3. 子音加複合母音，例如：귀（耳）
4. 子音加複合母音加子音，例如：광（光）
5. 一個子音加母音加兩個子音，例如：값（價錢）

Track 02

韓語40音發音對照表

一、基本母音（10個）

	ㅏ	ㅑ	ㅓ	ㅕ	ㅗ	ㅛ	ㅜ	ㅠ	ㅡ	ㅣ
名稱	아	야	어	여	오	요	우	유	으	이
拼音發音	a	ya	eo	yeo	o	yo	u	yu	eu	i
注音發音	ㄚ	ㄧㄚ	ㄛ	ㄧㄛ	ㄡ	ㄧㄡ	ㄨ	ㄧㄨ	(ㄜ)	ㄧ

說　明

- 韓語母音「ㅡ」的發音和「ㄜ」發音有差異，但嘴型要拉開，牙齒快要咬住的狀態，才發得準。
- 韓語母音「ㅓ」的嘴型比「ㅗ」還要大，整個嘴巴要張開成「大O」的形狀，「ㅗ」的嘴型則較小，整個嘴巴縮小到只有「小o」的嘴型，類似注音「ㄡ」。
- 韓語母音「ㅕ」的嘴型比「ㅛ」還要大，整個嘴巴要張開成「大O」的形狀，類似注音「ㄧㄛ」，「ㅛ」的嘴型則較小，整個嘴巴縮小到只有「小o」的嘴型，類似注音「ㄧㄡ」。

二、基本子音（10個）

	ㄱ	ㄴ	ㄷ	ㄹ	ㅁ	ㅂ	ㅅ	ㅇ	ㅈ	ㅊ
名稱	기역	니은	디귿	리을	미음	비읍	시옷	이응	지읒	치읓
拼音發音	k/g	n	t/d	r/l	m	p/b	s	ng	j	ch
注音發音	ㄎ	ㄋ	ㄊ	ㄌ	ㄇ	ㄆ	ㄙ,（ㄒ）	不發音	ㄗ	ㄘ

說　明

- 韓語子音「ㅅ」有時讀作「ㄙ」的音，有時則讀作「ㄒ」的音，「ㄒ」音是跟母音「ㅣ」搭在一塊時才會出現。
- 韓語子音「ㅇ」放在前面或上面不發音；放在下面則讀作「ng」的音，像是用鼻音發「嗯」的音。
- 韓語子音「ㅈ」的發音和注音「ㄗ」類似，但是發音的時候更輕，氣更弱一些。

三、基本子音（氣音4個）

	ㅋ	ㅌ	ㅍ	ㅎ
名　稱	키읔	티읕	피읖	히읗
拼音發音	k	t	p	h
注音發音	ㄎ	ㄊ	ㄆ	ㄏ

說　明

- 韓語子音「ㅋ」比「ㄱ」的較重，有用到喉頭的音，音調類似國語的四聲。
  ㅋ＝ㄱ＋ㅎ
- 韓語子音「ㅌ」比「ㄷ」的較重，有用到喉頭的音，音調類似國語的四聲。
  ㅌ＝ㄷ＋ㅎ
- 韓語子音「ㅍ」比「ㅂ」的較重，有用到喉頭的音，音調類似國語的四聲。
  ㅍ＝ㅂ＋ㅎ

四、複合母音（11個）

	ㅐ	ㅒ	ㅔ	ㅖ	ㅘ	ㅙ	ㅚ	ㅞ	ㅝ	ㅟ	ㅢ
名稱	애	얘	에	예	와	왜	외	웨	워	위	의
拼音發音	ae	yae	e	ye	wa	w ae	oe	we	wo	wi	ui
注音發音	ㄝ	一ㄝ	ㆤ	一ㆤ	ㄨㄚ	ㄨㄝ	ㄨㆤ	ㄨㆤ	ㄨㄛ	ㄨ一	ㄜ一

說　明

- 韓語母音「ㅐ」比「ㅔ」的嘴型大，舌頭的位置比較下面，發音類似「ae」；「ㅔ」的嘴型較小，舌頭的位置在中間，發音類似「e」。不過一般韓國人讀這兩個發音都很像。

- 韓語母音「ㅒ」比「ㅖ」的嘴型大，舌頭的位置比較下面，發音類似「yae」；「ㅖ」的嘴型較小，舌頭的位置在中間，發音類似「ye」。不過很多韓國人讀這兩個發音都很像。

- 韓語母音「ㅚ」和「ㅞ」比「ㅙ」的嘴型小些，「ㅙ」的嘴型是圓的；「ㅚ」、「ㅞ」則是一樣的發音，不過很多韓國人讀這三個發音都很像，都是發類似「we」的音。

五、複合子音（5個）

	ㄲ	ㄸ	ㅃ	ㅆ	ㅉ
名　稱	쌍기역	쌍디귿	쌍비읍	쌍시옷	쌍지읓
拼音發音	kk	tt	pp	ss	jj
注音發音	ㄍ	ㄉ	ㄅ	ㄙ	ㄗ

說　明

• 韓語子音「ㅆ」比「ㅅ」用喉嚨發重音，音調類似國語的四聲。
• 韓語子音「ㅉ」比「ㅈ」用喉嚨發重音，音調類似國語的四聲。

六、韓語發音練習

	ㅏ	ㅑ	ㅓ	ㅕ	ㅗ	ㅛ	ㅜ	ㅠ	ㅡ	ㅣ
ㄱ	가	갸	거	겨	고	교	구	규	그	기
ㄴ	나	냐	너	녀	노	뇨	누	뉴	느	니
ㄷ	다	댜	더	뎌	도	됴	두	듀	드	디
ㄹ	라	랴	러	려	로	료	루	류	르	리
ㅁ	마	먀	머	며	모	묘	무	뮤	므	미
ㅂ	바	뱌	버	벼	보	뵤	부	뷰	브	비
ㅅ	사	샤	서	셔	소	쇼	수	슈	스	시
ㅇ	아	야	어	여	오	요	우	유	으	이
ㅈ	자	쟈	저	져	조	죠	주	쥬	즈	지
ㅊ	차	챠	처	쳐	초	쵸	추	츄	츠	치
ㅋ	카	캬	커	켜	코	쿄	쿠	큐	크	키
ㅌ	타	탸	터	텨	토	툐	투	튜	트	티
ㅍ	파	퍄	퍼	펴	포	표	푸	퓨	프	피
ㅎ	하	햐	허	혀	호	효	후	휴	흐	히
ㄲ	까	꺄	꺼	껴	꼬	꾜	꾸	뀨	끄	끼
ㄸ	따	땨	떠	뗘	또	뚀	뚜	뜌	뜨	띠
ㅃ	빠	뺘	뻐	뼈	뽀	뾰	뿌	쀼	쁘	삐
ㅆ	싸	쌰	써	쎠	쏘	쑈	쑤	쓔	쓰	씨
ㅉ	짜	쨔	쩌	쪄	쪼	쬬	쭈	쮸	쯔	찌

인사말　招呼語

집에서　在家裡

식당에서　在餐館

학교에서　在學校

회사에서　在公司

우체국에서　在郵局

병원에서　在醫院

약국에서　在藥局

전화 걸기　打電話

第 2 章

旅遊篇
여행편

기내에서　在飛機內

인천공항에서　在仁川機場

시내에서　在市區

호텔에서　在飯店內

식당가에서　在美食街

긴급 상황 緊急情況

빨디 별 잘 있습
실례지만, 성함이 어떻
저는 한국 문화를 좋아합
만나게 되어 반갑습니

한국요리를 좋아해요, 일본요

第一章

招呼語 인사말

臨時急用

日常生活篇
일상생활편

성함이
한국 문화를 좋아합니
가습니다.

禮貌用語

急用會話

안녕하십니까?
安妞哈新你嘎
an nyeong ha sim ni kka

您好嗎？

. . . .

잘 있습니다. 당신은요?
插兒 衣森你答 談新呢妞
jal it sseum ni da dang si neu nyo

我過得很好，你呢？

. . . .

안녕하세요.
安妞哈誰呦
an nyeong ha se yo

你好。

. . . .

좋은 아침입니다.
醜恩 啊親影你答
jo eun a chi mim ni da

早安。

. . . .

오늘 바쁘세요?
喔呢 怕波誰呦
neul ppa ppeu se yo

今天忙嗎？

안녕히 다녀오십시오.
安妞呵衣 它妞喔西不休
an nyeong hi da nyeo o sip ssi o
請慢走。（對要出門的長輩說）

. . . .

잘 다녀와라.
插兒 他妞哇啦
jal tta nyeo wa ra
慢走。（對要出門的晚輩說）

. . . .

다녀오겠습니다.
他妞喔給森你答
da nyeo o get sseum ni da
我要出門了。（出門時對長輩說）

. . . .

다녀오셨습니까?
他妞喔休森你嘎
da nyeo o syeot sseum ni kka
您回來了。（對回來的長輩說）

. . . .

다녀왔습니다.
他妞哇森你答
da nyeo wat sseum ni da
我回來了。（對長輩說）

道別

急用會話

이만 가봐야겠어요.
衣蠻 卡怕呀給搜呦
i man ga bwa ya ge sseo yo

我該走了。

. . . .

안녕히 가세요.
安妞呵衣 卡誰呦
an nyeong hi ga se yo

再見。（向離開要走的人）

. . . .

안녕히 계세요.
安妞呵衣 K誰呦
an nyeong hi gye se yo

再見。（向留在原地的人）

. . . .

그럼 다음에 뵙겠습니다.
可龍恩 他恩妹 配給森你答
geu reom da eu me boep kket sseum ni da

那麼下次見。

初次見面

急用會話

처음 뵙겠습니다.
抽恩 配給森你答
cheo eum boep kket sseum ni da

初次見面。

. . . .

실례지만, 성함이 어떻게 되십니까?
西兒勒基慢 松憨咪 喔都K 腿新你嘎
sil lye ji man seong ha mi eo tteo ke doe sim ni kka

請問您貴姓大名？

. . . .

앞으로 잘 부탁드립니다.
阿波囉 插兒 鋪他特零你答
a peu ro jal ppu tak tteu rim ni da

往後請多多指教。

. . . .

명함 한 장 주시겠어요?
謬恩憨恩 憨 髒 租西給搜呦
myeong ham han jang ju si ge sseo yo

可以給我一張名片嗎？

久未相遇

急用會話

오래간만입니다.
喔勒乾媽您你答
rae gan ma nim ni da

好久不見。

- - - - - - - - - - - - - - - - - - - -

그동안 별일 없으셨어요?
科同安 匹呦理兒 喔思休搜呦
geu dong an byeo ril eop sseu syeo sseo yo

你最近過得好嗎？

- - - - - - - - - - - - - - - - - - - -

요즘 잘 지내십니까?
呦正 插兒 基內新你嘎
yo jeum jal jji nae sim ni kka

最近過得好嗎？

- - - - - - - - - - - - - - - - - - - -

그럭저럭 잘 지내요.
可囉醜囉 差兒 基內呦
geu reok jjeo reok jal jji nae yo

過得還可以囉！

自我介紹

急用會話

먼저 제 소개를 하겠습니다.
盟奏 賊 搜給惹 哈給森你答
meon jeo je so gae reul ha get sseum ni da

我先做自我介紹。

．．．．．．．．．．．．．．．．．．．．．

저는 대만에서 온 유학생입니다.
醜能 貼蠻耶搜 翁 U哈先恩影你答
jeo neun dae ma ne seo on yu hak ssaeng im ni da

我是從台灣來的留學生。

．．．．．．．．．．．．．．．．．．．．．

제 이름은 진연희입니다.
賊 衣了悶 基恩庸西影你答
je i reu meun ji nyeon hi im ni da

我的名字是陳妍希。

．．．．．．．．．．．．．．．．．．．．．

저는 대만 사람입니다.
醜能 貼蠻 沙拉敏你答
jeo neun dae man sa ra mim ni da

我是台灣人。

．．．．．．．．．．．．．．．．．．．．．

한국에 온 지 한 달이 되었습니다.
憨估給 翁恩 基 憨它里 腿喔森你答
han gu ge on ji han da ri doe eot sseum ni da

我來韓國已經一個月了。

25

저는 대학원생입니다.
醜能 貼哈果恩先影你答
jeo neun dae ha gwon saeng im ni da
我是研究所的學生。

. . . .

저는 올해 24살입니다.
醜能 喔累 思目兒內沙領你答
jeo neun ol hae seu mul le sa rim ni da
我今年24歲。

. . . .

저는 용띠입니다.
醜能 庸滴影你答
jeo neun yong tti im ni da
我屬龍。

. . . .

저는 한국 문화를 좋아합니다.
醜能 憨估 目恩花惹 醜阿憨你答
jeo neun han guk mun hwa reul jjo a ham ni da
我喜歡韓國文化。

. . . .

제 취미는 음악 감상입니다.
賊 去咪能 恩啊 砍傷影你答
je chwi mi neun eu mak gam sang im ni da
我的興趣是聽音樂。

. . . .

저는 아직 결혼하지 않았습니다.
醜能 阿寄 可呦龍那基 安那森你答

26

jeo neun a jik gyeol hon ha ji a nat sseum ni da

我還沒結婚。

....

저는 한국 사람이 아닙니다.

醜能 韓估 沙拉咪 啊您你答

jeo neun han guk sa ra mi a nim ni da

我不是韓國人。

....

저는 무역 회사에 다니고 있습니다.

醜能 目呦 灰沙耶 答你溝 衣森你答

jeo neun mu yeok hoe sa e da ni go it sseum ni da

我在貿易公司上班。

睡前

急用會話

안녕히 주무십시오.
安妞呵衣 租目西不休
an nyeong hi ju mu sip ssi o

晚安。（對長輩說）

. . . .

잘 자요.
插兒 炸呦
jal jja yo

晚安。

. . . .

잘 자라.
插兒 炸拉
jal jja ra

晚安。（對晚輩說）

. . . .

안녕히 주무셨어요?
安妞呵衣 租目休搜呦
an nyeong hi ju mu syeo sseo yo

早安。（對長輩說）

. . . .

잘 잤어요?
插兒 炸搜呦
jal jja sseo yo

早安。

吃飯用語

急用會話

잘 먹겠습니다.
插兒 摸給森你答
jal meok kket sseum ni da

我要開動了。（對長輩說）

. . . .

많이 드십시오.
媽你 特西不休
ma ni deu sip ssi o

請多吃一點。（對長輩說）

. . . .

배가 불러요.
陪嘎 鋪兒囉呦
bae ga bul leo yo

我吃飽了。

. . . .

식기 전에 얼른 드세요.
西可衣 走內 喔兒冷 特誰呦
sik kki jeo ne eol leun deu se yo

趁熱快吃。

. . . .

식사 하셨어요?
西沙 哈休搜悠
sik ssa ha syeo sseo yo

您吃飯了嗎？

29

道謝

急用會話

고맙습니다.
口媽森你答
go map sseum ni da
謝謝。

* *

감사합니다.
砍沙憨你答
gam sa ham ni da
謝謝。

* *

정말 고마워요.
寵媽兒 口媽我呦
jeong mal kko ma wo yo
真的謝謝你。

* *

당신 덕분이에요. 감사합니다.
糖新 透鋪你耶呦 砍沙憨你答
dang sin deok ppu ni e yo gam sa ham ni da
托你的福，謝謝。

道歉

急用會話

죄송합니다.
璀松憨你答
joe song ham ni da
對不起。

. . . .

미안합니다.
咪安憨你答
mi an ham ni da
對不起。

. . . .

실례합니다.
吸兒勒憨你答
sil lye ham ni da
失禮了。

. . . .

용서해 주세요.
勇蒐黑 租誰呦
yong seo hae ju se yo
原諒我吧。

. . . .

오래 기다리시게 해서 미안합니다.
喔累 可衣答里西給 黑搜 咪安憨你答
o rae gi da ri si ge hae seo mi an ham ni da
讓您久等了，對不起。

第一章

在家裡 집에서

臨時急用
日常生活篇
일상생활편

吃飯

急用會話

아침 밥 먹을 시간이에요.
啊親 怕 摸哥兒 吸乾你耶呦
a chim bap meo geul ssi ga ni e yo

該吃早餐了。

. . . .

음식을 가려 먹지 마라.
恩細哥兒 卡溜 摸基 媽拉
eum si geul kka ryeo meok jji ma ra

不要挑食。

. . . .

빨리 밥 먹고 준비해야 지. 학교에 늦겠다.
爸兒里 怕 摸溝 尊遍黑壓 基 哈個呦耶 呢給答
ppal li bap meok kko jun bi hae ya ji hak kkyo e neut kket tta

快點吃完飯準備一下，上課要遲到了。

. . . .

나는 아침식사 준비를 해야 해요.
那能 阿沁系沙 尊遍惹 黑呀 黑呦
na neun a chim sik ssa jun bi reul hae ya hae yo

我必須準備早餐。

. . . .

엄마, 아침 잘 먹었어요. 고마워요.

翁恩罵 阿沁 差兒 摸狗搜呦 口媽我呦
eom ma a chim jal meo geo sseo yo go ma wo yo

媽，早餐我吃飽了，謝謝！

. . . .

엄마, 밥 좀 더 주세요.
翁罵 怕綜 投 租誰呦
eom ma bap jom deo ju se yo

媽，再幫我裝點飯。

. . . .

뭐 좀 먹고 싶니?
摸綜 摸溝 西你
mwo jom meok kko sim ni

你想吃點什麼嗎？

. . . .

우리 벌써 다 먹었어요.
屋里 波兒搜 他 摸溝搜呦
u ri beol sseo da meo geo sseo yo

我們已經吃過了。

. . . .

토스트 더 먹고 싶어?
透司特 投 摸溝 西波
to seu teu deo meok kko si peo

還要再吃點吐司嗎？

. . . .

커피 마실래?
口匹 媽西兒累
keo pi ma sil lae

你要喝咖啡嗎？

. . . .

저녁에는 뭐 먹어요?

醜妞給能 摸 摸狗呦

jeo nyeo ge neun mwo meo geo yo

晚餐我們吃什麼？

. . . .

엄마, 저 불고기 먹고 싶어요.

翁恩罵 醜 鋪兒溝可依 摸溝 西波呦

eom ma jeo bul go gi meok kko si peo yo

媽，我想吃烤肉。

做家事

急用會話

오늘 청소는 누가 해?
喔呢 蔥恩搜能 努嘎 黑
o neul cheong so neun nu ga hae

今天誰要打掃？

집안일을 좀 도와 줄래?
擠潘依惹 綜 頭挖 租兒累
ji ba ni reul jjom do wa jul lae

你幫我做家事，好嗎？

여보, 설거지 좀 해 줘요.
呦波 搜兒溝基 綜 黑 左呦
yeo bo seol geo ji jom hae jwo yo

老公，幫我洗碗。

식탁 좀 닦아 주세요.
系他 綜 他嘎 租誰呦
sik tak jom da kka ju se yo

請幫我擦餐桌。

엄마, 제가 도와 줄게요.
翁恩罵 賊嘎 頭挖 租兒給呦
eom ma je ga do wa jul ge yo

媽，我來幫你。

看電視

急用會話

너무 가까이에서 TV보지 마세요.

樓目 卡嘎衣耶搜 TV波基 媽誰呦

neo mu ga kka i e seo tv bo ji ma se yo

不要靠太近看電視。

. . . .

재미있니?

賊咪衣你

jae mi in ni

好看嗎？

. . . .

TV 켜라.

TV 可呦拉

tv kyeo ra

打開電視。

. . . .

TV 꺼라.

TV 夠拉

tv kkeo ra

關掉電視。

. . . .

6번 채널로 돌려보세요.

U崩 疵耶樓兒囉 投兒溜波誰呦

yuk ppeon chae neol lo dol lyeo bo se yo

請轉到第6頻道吧。

家人聊天

急用會話

오늘은 뭐하고 놀았니?
喔呢冷 摸哈溝 呢喔拉你
o neu reun mwo ha go no ran ni

今天你在幹嘛呀？

이건 누구 바지니?
衣拱 努估 怕幾你
i geon nu gu ba ji ni

這是誰的褲子？

날씨가 어때?
那兒系嘎 喔鐵
nal ssi kka eo ttae

天氣如何？

너, 오늘 어디 갔다왔어?
呢喔 喔呢 喔滴 卡答挖搜
neo o neul eo di gat tta wa sseo

你今天去哪裡了？

새 일자리는 마음에 들어요?
誰 衣兒詐里能 媽恩妹 特囉呦
sae il ja ri neun ma eu me deu reo yo

你喜歡你的新工作嗎？

38

準備出門

急用會話

여보, 잘 다녀오세요.
呦波 插兒 他妞喔誰呦
yeo bo jal tta nyeo o se yo

老公，路上小心。

. . . .

오늘 너무 늦게 돌아오지 마.
喔呢 呢喔目 呢給 頭拉喔基 媽
neul neo mu neut kke do ra o ji ma

今天不要太晚回家。

. . . .

기다려. 같이 가.
可衣答溜 卡器 卡
gi da ryeo ga chi ga

等我，一起去嘛！

. . . .

빨리 가자. 시간이 없어. 빨리!
爸兒里 卡詐 西乾你 喔部搜 爸兒里
ppal li ga ja si ga ni eop sseo ppal li

快點走吧，沒時間了！快點！

. . . .

어서 가거라. 또 지각하지 말고.
喔搜 卡鉤拉 豆 基卡卡基 媽兒溝
eo seo ga geo ra tto ji ga ka ji mal kko

你快去吧，別又遲到了。

補充詞彙

일어나다
衣囉那答
i reo na da
起床

. . . .

세수하다
誰酥哈答
se su ha da
洗臉

. . . .

양치질하다
羊妻基拉答
yang chi jil ha da
漱口

. . . .

옷을 갈아입다
喔奢 卡拉衣答
o seul kka ra ip tta
換衣服

. . . .

샤워하다
蝦我哈答
sya wo ha da
洗澡

집을 지키다
幾波兒 基可衣答
ji beul jji ki da

看家

화장실에 가다
花髒西類 卡答
hwa jang si re ga da

去洗手間

텔레비전을 보다
貼兒類逼走呢兒 波答
tel le bi jeo neul ppo da

看電視

잠을 자다
禪悶兒 插答
ja meul jja da

睡覺

문을 잠그다
目呢兒 禪科答
mu neul jjam geu da

鎖門

빨디ㅂ 잘 있습ㄴ

실례지만, 성함이 어

저는 한국 문화를 좋

만나게 되어 반갑습니

한국요리를 좋아해요, 일본

第一章

在餐館 식당에서

臨時急用

日常生活篇
일상생활편

성함이 이름합니다.
한국 문화를 좋아합니다.
가습니다.

進入餐館

急用會話

어서 오세요. 몇 분이세요?
喔搜 喔誰呦 謬 鋪你誰呦
eo seo o se yo myeot bu ni se yo

歡迎光臨！請問幾位？

. . . .

지금 빈 자리가 있나요?
七跟 拼 炸里嘎 衣那呦
ji geum bin ja ri ga in na yo

現在還有空位嗎？

. . . .

우리 모두 네 명이에요.
烏里 摸度 內 謬恩衣耶呦
u ri mo du ne myeong i e yo

我們共四位。

. . . .

다른 자리로 바꿀 수 있습니까?
他冷 炸里囉 怕佑兒 酥 衣森你嘎
da reun ja ri ro ba kkul su it sseum ni kka

我們可不可以換到其他的座位？

開始點餐

急用會話

메뉴판 좀 주시겠어요?
妹呢U盤 綜 租西給搜呦
me nyu pan jom ju si ge sseo yo

可以給我菜單嗎？

뭘 먹어야 할지 모르겠어요. 추천해 주세요.
摸兒 摸狗呀 哈兒基 摸了給搜呦 粗蔥內 租誰呦
mwol meo geo ya hal jji mo reu ge sseo yo chu cheon hae ju se yo

我不知道要吃什麼，請推薦一下。

이 요리는 매운가요?
衣 呦里能 妹溫嘎呦
i yo ri neun mae un ga yo

這道菜會辣嗎？

이건 양이 많나요?
衣拱 羊衣 蠻那呦
i geon yang i man na yo

這個量很多嗎？

잠시 후에 주문할게요.

蟬西 呼耶 租目那兒給呦
jam si hu e ju mun hal kke yo
我待會再點。

. . . .

이걸로 주세요.
衣狗兒囉 租誰呦
i geol lo ju se yo
請給我這個。

. . . .

어느 음식이 안 맵습니까?
喔呢 恩系可衣 安 妹森你嘎
eo neu eum si gi an maep sseum ni kka
哪一道菜不辣？

. . . .

이 곳의 잘하는 요리는 무엇입니까?
衣 口誰 插拉能 呦里能 目喔新你嘎
i go sui jal ha neun yo ri neun mu eo sim ni kka
這地方的拿手菜是什麼？

. . . .

샐러드 하나 주세요.
誰兒囉特 哈那 租誰呦
sael leo deu ha na ju se yo
請給我一份沙拉。

. . . .

된장찌개 하나 추가합니다.
頹髒基給 哈那 促卡憨你答
doen jang jji gae ha na chu ga ham ni da

我要追加一個大醬湯。

. . . .

삼겹살 이인분 주십시오.
三恩可呦沙兒 衣銀鋪恩 組西不休
sam gyeop ssal i in bun ju sip ssi o
請給我兩人份的五花肉。

. . . .

제 스테이크는 반 익혀 주십시오.
賊 思鐵衣可能 盤 衣可呦 租西不休
je seu te i keu neun ban i kyeo ju sip ssi o
我的牛排要五分熟。

用餐中

急用會話

반찬 좀 더 주세요.
盤纏 綜 投 組誰呦
ban chan jom deo ju se yo

請再給我一點小菜。

. . . .

물 좀 더 주시겠어요?
目兒 綜 投 租西給搜呦
mul jom deo ju si ge sseo yo

可以幫我加水嗎?

. . . .

저기요, 후춧가루 있습니까?
醜可衣呦 呼粗卡魯 衣森你嘎
jeo gi yo hu chut kka ru it sseum ni kka

服務員,有沒有胡椒粉?

. . . .

저기요, 음식을 더 시키려고 합니다.
醜可衣呦 恩系哥兒 投 西可衣溜溝 憨你
答
jeo gi yo eum si geul tteo si ki ryeo go ham ni da

服務員,我想加點。

補充詞彙

아침식사
阿沁細沙
a chim sik ssa
早餐

- -

점심식사
寵新細沙
jeom sim sik ssa
午餐

- -

저녁식사
醜妞細沙
jeo nyeok ssik ssa
晚餐

- -

돼지고기
頰基溝可衣
dwae ji go gi
豬肉

- -

닭고기
他溝可衣
dal kko gi
雞肉

양고기
羊溝可衣
yang go gi
羊肉

소고기
搜溝可衣
so go gi
牛肉

밥
怕
bap
飯

국수
哭酥
guk ssu
麵條

빨리 ᄇ 잘 있습니

실례지만, 성함이 어

저는 한국 문화를 좋

만나게 되어 반갑습니

한국요리를 좋아해요, 일본

第一章

在學校 학교에서

臨時急用

日常生活篇
일상생활편

성함이 이
한국 문화를 좋아합니다
가습니다.

上課

急用會話

여러분, 또 다른 질문이 있어요?
呦囉鋪恩 豆 他冷 基兒目你 衣搜呦
yeo reo bun tto da reun jil mu ni i sseo yo

各位同學，還有其他問題嗎？

. . . .

다시 한 번 설명해 주세요.
他西 憨 崩 搜兒謬恩黑 租誰呦
da si han beon seol myeong hae ju se yo

請您再說明一次。

. . . .

조용히 하세요.
醜庸呵衣 哈誰呦
jo yong hi ha se yo

請安靜。

. . . .

잘 들어 주세요.
插兒 特囉 租誰呦
jal tteu reo ju se yo

仔細聽好。

. . . .

칠판을 보세요.
妻兒盤呢兒 波誰呦
chil pa neul ppo se yo

請看黑板。

이 단어를 어떻게 발음해요?
衣 談喔惹 喔豆K 怕冷妹呦
i da neo reul eo tteo ke ba reum hae yo
這個單字怎麼念？

. . . .

이것은 한국어로 뭐라고 해요?
衣狗神 憨佶狗囉 摸拉溝 黑呦
i geo seun han gu geo ro mwo ra go hae yo
這個的韓文怎麼講？

. . . .

일어서세요.
衣囉搜誰呦
i reo seo se yo
請起立。

. . . .

앉으세요.
安資誰呦
an jeu se yo
請坐下。

. . . .

크게 말해주세요.
科給 媽累租誰呦
keu ge mal hae jju se yo
請大聲說。

考試

急用會話

시험이 어땠어요?
西哄咪 喔爹搜呦
si heo mi eo ttae sseo yo

考試考得怎麼樣？

. . . .

어제 중간 시험이 끝났어요.
喔賊 尊恩乾 西轟咪 跟那搜呦
eo je jung gan si heo mi kkeun na sseo yo

昨天期中考結束了。

. . . .

저 입학 시험에 통과했어요.
醜 衣怕 西哄妹 通瓜黑搜呦
jeo i pak si heo me tong gwa hae sseo yo

我通過入學考試了。

. . . .

영어 시험 어려웠어요?
傭喔 西哄 喔溜我搜呦
yeong eo si heom eo ryeo wo sseo yo

英文考試很難嗎？

. . . .

시험은 태풍때문에 취소되었어요.
西齁悶 貼鋪恩貼目內 催搜腿喔搜呦
si heo meun tae pung ttae mu ne chwi so doe eo
sseo yo

考試因颱風取消了。

. . . .

내일이 시험인데 계속 집중이 안 돼요.
內衣里 西哄敏貼 K搜 基尊衣 安 對呦
nae i ri si heo min de gye sok jip jjung i an dwae yo

明天就要考試了，我還一直無法集中精神。

. . . .

시험 결과가 다 나왔어요?
西哄 可呦兒瓜嘎 他 那挖搜呦
si heom gyeol gwa ga da na wa sseo yo

考試結果都出來了嗎？

. . . .

시험에 합격했습니다.
西齁妹 哈可呦K森你答
si heo me hap kkyeo kaet sseum ni da

考試合格了。

. . . .

시험에 떨어졌습니다.
西轟妹 都囉糾森你答
si heo me tteo reo jeot sseum ni da

考不上。

. . . .

시험에 붙었습니다.
西齁妹 鋪秋森你答
si heo me bu teot sseum ni da

考上了。

升學／畢業

急用會話

대학원을 졸업한 후에 미국에 유학을 갈
예정입니다.

貼哈果呢兒 醜囉盤 呼耶 咪估給 U哈哥兒
卡兒 耶宗影你答

dae ha gwo neul jjo reo pan hu e mi gu ge yu ha
geul kkal ye jeong im ni da

研究所畢業後，打算去美國留學。

내년에 한국에 가서 유학할 겁니다.

內妞內 憨估給 卡搜 U哈卡兒 拱你答

nae nyeo ne han gu ge ga seo yu ha kal kkeom ni
da

明年我要去韓國留學。

지난 달에 대학교를 졸업했어요. 그래서
지금 일자리를 구하고 있어요.

基南 他累 貼哈個呦惹 醜囉配搜呦 可累
搜 基跟 衣兒炸里惹 估哈溝 衣搜呦

ji nan da re dae hak kkyo reul jjo reo pae sseo yo
geu rae seo ji geum il ja ri reul kku ha go i sseo yo

**上個月我大學畢業了，所以現在在找工
作。**

내일 제 졸업식이 있는데, 오실 수 있어

요?

内衣兒 賊 醜囉西可衣 衣能貼 喔西兒 蘇
衣搜呦

nae il je jo reop ssi gi in neun de o sil su i sseo yo

明天是我的畢業典禮，你可以來嗎？

. . . .

저는 고려 대학교에 입학했어요.

醜能 口溜 貼哈個呦耶 衣怕K搜呦

jeo neun go ryeo dae hak kkyo e i pa kae sseo yo

我考上高麗大學了。

. . . .

몇 년도에 졸업했습니까?

謬 紐豆耶 醜囉配森你嘎

myeot nyeon do e jo reo paet sseum ni kka

你是哪年畢業的？

學業話題

急用會話

월요일부터 금요일까지 매일 수업이 있어요.

我溜衣兒鋪投 可謬衣兒嘎嘰 妹衣兒 蘇喔逼 衣搜呦

wo ryo il bu teo geu myo il kka ji mae il su eo bi i sseo yo

我星期一到星期五每天都有課。

. . . .

한국어 문법 좀 가르쳐 줄 수 있어요?

憨估狗 目恩波 綜 卡了秋 租兒 蘇 衣搜呦

han gu geo mun beop jom ga reu cheo jul su i sseo yo

可以教我韓語文法嗎?

. . . .

이 과목을 당담하는 선생님이 누구입니까?

衣 誇摸哥兒 談當哈能 松先你咪 努估影你嘎

i gwa mo geul ttang dam ha neun seon saeng ni mi nu gu im ni kka

負責這一科的老師是誰?

. . . .

저는 그와 같은 학교에 다녔어요.

醜能 可哇 卡騰 哈可呦耶 他妞搜呦
jeo neun geu wa ga teun hak kkyo e da nyeo sseo yo

我以前和他就讀一樣的學校。

- -

그는 서울대학교를 나왔어요.
可能 搜屋兒貼哈可呦惹 那哇搜呦
geu neun seo ul dae hak kkyo reul na wa sseo yo

他是首爾大學畢業的。

- -

왜 한국어를 배우세요?
為 憨估狗惹 陪烏誰呦
wae han gu geo reul ppae u se yo

你為什麼要學韓語呢？

- -

나 정말 학교 가기 싫어요.
那 寵媽兒 哈可呦 卡可衣 西囉呦
na jeong mal hak kkyo ga gi si reo yo

我真的不想去學校。

- -

수학을 가르쳐 줘서 정말 고마워요.
蘇哈哥兒 卡了秋 左搜 寵媽兒 口媽我呦
su ha geul kka reu cheo jwo seo jeong mal kko ma wo yo

謝謝你教我數學。

- -

수업 끝난 후에 시간 좀 있어요?

蘇喔 跟男 呼耶 西乾 綜 衣搜呦
su eop kkeun nan hu e si gan jom i sseo yo

下課後，你有時間嗎？

....

한국어 수업을 듣고 싶습니다.
憨估狗 蘇喔波兒 特溝 西森你答
han gu geo su eo beul tteut kko sip sseum ni da

我想上韓語課。

....

이번 학기 몇 과목 들었어요?
衣崩 哈可衣 謬 誇末 特囉搜呦
i beon hak kki myeot gwa mok deu reo sseo yo

這學期你上幾個科目？

....

보통 학교 도서관에서 공부해요.
波通 哈可呦 投搜館內蒐 空鋪黑呦
bo tong hak kkyo do seo gwa ne seo gong bu hae
yo

一般我都在學校圖書館裡念書。

補充詞彙

유치원
U妻我恩
yu chi won
幼稚園

....

초등학교
抽登哈可呦
cho deung hak kkyo
小學

....

중학교
尊哈可呦
jung hak kkyo
國中

....

고등학교
口登哈可呦
go deung hak kkyo
高中

....

대학교
貼哈可呦
dae hak kkyo
大學

대학원
貼哈果恩
dae ha gwon
研究所

중간고사
尊恩乾口沙
jung gan go sa
期中考

기말고사
可衣媽兒口沙
gi mal kko sa
期末考

시험을 보다
西轟悶兒 波答
si heo meul ppo da
考試

선생님
松先濘
seon saeng nim
老師

교수
可呦蘇

gyo su
教授

. . . .

학생
哈先恩
hak ssaeng
學生

. . . .

동창
同餐恩
dong chang
同學

빨디 ㅂ 잘 있습
실례지만, 성함이 어
저는 한국 문화를 좋
만나게 되어 반갑습
한국요리를 좋아해요, 일본

第一章

在公司 회사에서

日常生活篇
일상생활편

성함이 어
한국 문화를 좋아합니다.
가습니다.

上班時間

急用會話

이 자료들 좀 복사해 주세요.
衣 炸溜特兒 綜 波沙黑 租誰呦
i ja ryo deul jjom bok ssa hae ju se yo
請幫我影印這些資料。

제가 큰 실수를 했습니다.
賊嘎 坑 西兒蘇惹 黑森你答
je ga keun sil su reul haet sseum ni da
我犯了個大錯。

팀장님, 좀 도와 주시겠습니까?
聽髒濘 綜 頭挖 租西給森你嘎
tim jang nim jom do wa ju si get sseum ni kka
組長，可以幫忙我一下嗎？

전부 다시 해 주십시오.
重布 他西 黑 租西不休
jeon bu da si hae ju sip ssi o
請全部重做。

커피 한 잔 가져다 주시겠어요?
口匹 憨 髒 卡揪答 租西給搜呦
keo pi han jan ga jeo da ju si ge sseo yo
麻煩您拿杯咖啡給我，好嗎？

급한 일이 있어서 오늘 하루 휴가를 내도
되겠습니까?

可潘 衣里 衣搜搜 喔呢 哈嚕 喝U嘎惹 內
豆 腿給森你嘎

geu pan i ri i sseo seo o neul ha ru hyu ga reul nae

do doe get sseum ni kka

因為今天有急事，我可以請一天假嗎？

. . . .

잠시만 기다려 주시겠습니까? 사장님은
지금 다른 전화를 받고 있습니다.

禪西蠻 可衣答溜 租西給森你嘎 沙髒你悶
七根 他冷 重花惹 怕溝 衣森你答

jam si man gi da ryeo ju si get sseum ni kka sa jang

ni meun ji geum da reun jeon hwa reul ppat kko it

sseum ni da

**您可以稍等一下嗎？現在社長在接別人的
電話。**

. . . .

몇 시에 출근합니까?

謬 西耶 粗兒跟憨你嘎

myeot si e chul geun ham ni kka

幾點上班？

. . . .

자네, 또 지각하네.

插內 豆 妻卡卡內

ja ne tto ji ga ka ne

你又遲到了！

65

그 서류를 부장님께 전해 주세요.

可 搜了U惹 鋪髒濘給 重內 租誰呦

geu seo ryu reul ppu jang nim kke jeon hae ju se
yo

請幫我把那份資料交給部長。

. . . .

바쁘신 중에 시간을 내 주셔서 감사합니
다.

怕奔新 尊耶 西嘎呢 內 租休搜 砍殺憨你
答

ba ppeu sin jung e si ga neul nae ju syeo seo gam
sa ham ni da

謝謝您百忙中撥時間給我。

開會

急用會話

저는 찬성합니다.
醜能 餐松憨你答
jeo neun chan seong ham ni da

我贊成。

. . . .

다들, 회의 준비 하세요.
他特兒 灰衣 尊逼哈誰呦
da deul hoe ui jun bi ha se yo

各位，請準備開會。

. . . .

그럼 회의를 시작하겠습니다.
可龍恩 輝衣惹 西渣卡給森你答
geu reom hoe ui reul ssi ja ka get sseum ni da

那會議開始。

. . . .

여러분 생각은 어떻습니까?
呦囉鋪恩 先嘎跟 喔兜森你嘎
yeo reo bun saeng ga geun eo tteo sseum ni kka

各位的想法怎麼樣？

下班

急用會話

오늘 야근하십니까?
喔呢兒 押跟哈新你嘎
o neul ya geun ha sim ni kka

你今天要加班嗎？

* * * * * * * * * * * * * * * * * * * *

퇴근 시간이 다 됐는데 오늘은 여기까지
합시다.
推根 西乾你 他 腿能貼 喔呢冷 呦可衣嘎
基 哈西答
toe geun si ga ni da dwaen neun de o neu reun
yeo gi kka ji hap ssi da

**已經到下班時間了，我們今天就到這裡
吧。**

* * * * * * * * * * * * * * * * * * * *

퇴근 후에 우리 한 잔 하러 갑시다.
推跟 呼耶 烏里 憨 髒 哈囉 卡西答
toe geun hu e u ri han jan ha reo gap ssi da

下班後，我們去喝一杯吧。

* * * * * * * * * * * * * * * * * * * *

다들 수고하셨습니다.
他特兒 酥口哈休森你答
da deul ssu go ha syeot sseum ni da

大家都辛苦了。

과장님, 전 먼저 퇴근하겠습니다.
誇髒淳 重恩 盟走 腿跟哈給森你答
gwa jang nim jeon meon jeo toe geun ha get
sseum ni da

課長，我先下班了。

. . . .

저녁 6시에 퇴근합니다.
醜妞 呦搜西耶 推跟憨你答
jeo nyeok yeo seot ssi e toe geun ham ni da

晚上六點下班。

應酬

急用會話

저녁을 대접하고 싶습니다.
醜妞哥兒 貼走怕溝 西森你答
jeo nyeo geul ttae jeo pa go sip sseum ni da
我想請你吃晚餐。

. . . .

우린 식사하면서 이야기하죠.
鳥領 系沙哈謬恩搜 衣呀可衣哈救
u rin sik ssa ha myeon seo i ya gi ha jyo
我們邊吃邊聊吧。

. . . .

저는 술을 못 마십니다.
醜能 蘇惹 末 媽新你答
jeo neun su reul mot ma sim ni da
我不會喝酒。

. . . .

이따가 노래방에 갑시다.
衣答嘎 呢喔累棒耶 卡西答
i tta ga no rae bang e gap ssi da
我們待會去唱歌吧。

招待韓國客戶

急用會話

대만에 오신 걸 환영합니다.
貼蠻內 喔新 狗兒 歡庸憨你答
dae ma ne o sin geol hwa nyeong ham ni da

歡迎您來台灣。

....

만나서 반갑습니다. 말씀 많이 들었습니다.
蠻那搜 盤嘎森你答 媽兒森 馬你 特囉森你答
man na seo ban gap sseum ni da mal sseum ma ni
deu reot sseum ni da

很高興見到您，久仰大名。

....

제 명함입니다.
賊 謬恩憨影你答
je myeong ha mim ni da

這是我的名片。

....

대만에는 처음 오셨습니까?
貼蠻內能 抽恩 喔休森你嘎
dae ma ne neun cheo eum o syeot sseum ni kka

您是第一次來台灣嗎？

....

대만 요리는 드신 적이 있으십니까?

71

貼蠻 呦里能 特新 走可衣 衣司新你嘎
dae man yo ri neun deu sin jeo gi i sseu sim ni kka

有品嘗過台灣菜嗎？

....

어디 가 보고 싶은 곳이 있습니까?
喔滴 卡 波溝 西噴 狗西 衣森你嘎
eo di ga bo go si peun go si it sseum ni kka

有哪裡想去的地方嗎？

....

마중해 주셔서 감사합니다.
媽尊黑 租休搜 砍殺憨你答
ma jung hae ju syeo seo gam sa ham ni da

謝謝你前來迎接我。

工作話題

急用會話

오늘 직장에서 어땠어요?

喔呢 寄髒恩耶搜 喔貼蔑呦

o neul jjik jjang e seo eo ttae sseo yo

今天的工作怎麼樣？

. . . .

제 월급은 다른 사람에 비해 너무 적어요.

賊 我兒可笨 他冷 沙拉妹 匹黑 呢喔目
醜狗呦

je wol geu beun da reun sa ra me bi hae neo mu
jeo geo yo

我的薪水和其他人比很少。

. . . .

언제 월급을 받을 수 있을까요?

翁賊 我兒跟波兒 怕的兒 蘇 衣奢嘎呦

eon je wol geu beul ppa deul ssu i sseul kka yo

什麼時候可以領薪水？

. . . .

오늘 야근 안 해도 돼죠?

喔呢 呀根 安 黑豆 腿救

o neul ya geun an hae do dwae jyo

我今天可以不加班吧？

. . . .

어떤 직업 경험을 가지고 있어요?

喔東 基狗 可呦恩齁閃兒 卡基溝 衣搜呦

eo tteon ji geop gyeong heo meul kka ji go i sseo yo

你有什麼工作經驗呢？

오늘 첫 월급을 받았어요.

喔呢 抽 我兒可撥兒 怕答搜呦

o neul cheot wol geu beul ppa da sseo yo

我今天領了第一份薪水。

너무 힘들어서 회사를 그만두고 싶어요.

樓目 喝衣恩的囉搜 灰沙惹 可慢吐溝 西波呦

neo mu him deu reo seo hoe sa reul kkeu man du go si peo yo

太累了，我想辭職。

어떻게 이런 직업을 구했어요?

喔豆K 衣龍 幾狗波兒 苦黑搜呦

eo tteo ke i reon ji geo beul kku hae sseo yo

你怎麼找到這種工作的？

오늘 새 여직원이 우리 회사에 입사했어요.

喔呢 誰 呦幾果你 鳥里 灰沙耶 衣沙黑搜呦

o neul sae yeo ji gwo ni u ri hoe sa e ip ssa hae sseo yo

今天有新的女職員來我們公司上班了。

초봉이 얼마나 돼요?

抽崩衣 喔兒媽那 腿呦
cho bong i eol ma na dwae yo

起薪多少？

. . . .

나는 그 회사에서 일하고 싶어요.
那能 可 灰沙耶搜 衣拉溝 西波呦
na neun geu hoe sa e seo il ha go si peo yo

我想在那間公司上班。

. . . .

그 직원은 일을 매우 열심히 합니다.
可 幾果能 衣惹 妹烏 呦兒西咪 憨你答
geu ji gwo neun i reul mae u yeol sim hi ham ni da

那位職員工作很努力。

補充詞彙

회의실
灰衣西兒
hoe ui sil
會議室

. . . .

사무실
沙目西兒
sa mu sil
辦公室

. . . .

공장
空掌
gong jang
工廠

. . . .

창고
餐口
chang go
倉庫

. . . .

출근하다
粗兒可那答
chul geun ha da
上班

퇴근하다
推可那答
toe geun ha da

下班

· ·

잔업하다
禪喔怕答
ja neo pa da

加班

· ·

조퇴하다
醜推哈答
jo toe ha da

早退

· ·

결근하다
可呦兒可那答
gyeol geun ha da

缺勤

· ·

출장가다
粗兒髒卡答
chul jang ga da

出差

빨리 잘 있습니
실례지만, 성함이 어
저는 한국 문화를 좋
만나게 되어 반갑습니
한국요리를 좋아해요, 일본

第一章

在郵局 우체국에서

臨時急用

日常生活篇
일상생활편

성함이 어떻습니
한국 문화를 좋아합니다.
가습니다.

找尋郵局

急用會話

우체국을 찾고 있어요.
烏疵耶古哥兒 擦溝 衣搜呦
u che gu geul chat kko i sseo yo

我在找郵局。

. . . .

우체국은 어디에 있습니까?
烏疵耶古根 喔滴耶 衣森你嘎
u che gu geun eo di e it sseum ni kka

郵局在哪裡?

. . . .

우체국에 가는 길을 알려주세요.
烏疵耶古給 卡能 可衣惹 啊兒溜租誰呦
u che gu ge ga neun gi reul al lyeo ju se yo

請告訴我郵局怎麼去。

. . . .

이 근처에 우체국이 있습니까?
衣 肯抽耶 烏疵耶古可衣 衣森你嘎
i geun cheo e u che gu gi it sseum ni kka

這附近有郵局嗎?

買郵票

急用會話

우표는 어디서 삽니까?
烏匹呦能 喔滴搜 閃你嘎
u pyo neun eo di seo sam ni kka
郵票要在哪裡買？

270원짜리 우표 두 장 주세요.
衣配妻兒西剝恩渣里 烏匹呦 吐 髒 租誰呦
i baek chil si bwon jja ri u pyo du jang ju se yo
請給我270韓元的郵票兩張。

이 엽서에 얼마짜리 우표를 붙여야 하나요?
衣 呦搜耶 喔兒媽炸里 烏匹呦惹 鋪秋呀 哈那呦
i yeop sseo e eol ma jja ri u pyo reul ppu tyeo ya ha na yo
這張明信片要貼多少錢的郵票？

우편 엽서를 우체국에서 살 수 있나요?
烏匹呦恩 呦搜惹 烏疵耶古給搜 沙兒 蘇 衣那呦
u pyeon yeop sseo reul u che gu ge seo sal ssu in na yo
郵政明信片在郵局買得到嗎？

기념 우표를 사고 싶습니다.
可衣妞恩 烏匹呦惹 沙勾 西森你答
gi nyeom u pyo reul ssa go sip sseum ni da

我想買紀念郵票。

. . . .

이것을 부치는데 우표는 얼마나 필요합니까?
衣狗奢 鋪妻能貼 烏匹呦能 喔兒媽那 匹
溜憨你嘎
i geo seul ppu chi neun de u pyo neun eol ma na pi
ryo ham ni kka

寄這個需要多少郵票？

寄件

急用會話

소포를 보내려면 어디로 가야 합니까?

搜波惹 波內溜謬恩 喔滴囉 卡呀 憨你嘎

so po reul ppo nae ryeo myeon eo di ro ga ya ham ni kka

想寄包裹的話，要去哪裡寄？

. . . .

이 편지를 대만으로 보내는 데 얼마 듭니까?

衣 匹呦恩基惹 貼蠻呢囉 波內能 鐵 喔兒媽 疼你嘎

i pyeon ji reul ttae ma neu ro bo nae neun de eol ma deum ni kka

寄這封信到台灣要多少錢？

. . . .

이 소포를 대만으로 부치는 데 얼마예요?

衣 搜波惹 貼媽呢囉 鋪七能 貼 喔兒媽耶呦

i so po reul ttae ma neu ro bu chi neun de eol ma ye yo

寄這包裹到台灣要多少錢？

. . . .

이 편지를 대만으로 부치고 싶습니다.

衣 匹翁幾惹 貼蠻呢囉 鋪妻溝 西森你答

i pyeon ji reul ttae ma neu ro bu chi go sip sseum

ni da

我想將這封信寄到台灣。

....

보통 항공우편으로요, 아니면 빠른 우편
으로요?

波通　憨空烏匹呦呢囉呦　啊你謬恩　爸冷
烏匹呦呢囉呦

bo tong hang gong u pyeo neu ro yo, a ni myeon
ppa reun u pyeo neu ro yo

您要用一般的空運，還是快件呢？

....

빠른 우편으로 보내 주세요.

爸冷　烏匹呦呢囉　波內　租誰呦

ppa reun u pyeo neu ro bo nae ju se yo

請用快件幫我寄出。

送達時間

急用會話

대만까지 며칠이면 도착합니까?
貼蠻嘎基 謬妻里謬恩 投插砍你嘎
dae man kka ji myeo chi ri myeon do cha kam ni
kka

送達台灣需要幾天時間？

. . . .

제 편지가 언제 그곳에 도착할까요?
賊 匹呦恩基嘎 翁賊 可狗誰 頭插卡兒嘎
呦

je pyeon ji ga eon je geu go se do cha kal kka yo

我的信何時會抵達那個地方呢？

. . . .

이 소포가 언제쯤 대만에 도착할까요?
衣 搜波嘎 翁賊贈 貼媽內 頭插卡兒嘎呦
i so po ga eon je jjeum dae ma ne do cha kal kka
yo

這個包裹何時會抵達台灣呢？

. . . .

이틀 후에 도착할 겁니다.
衣特兒 呼耶 頭插卡兒 拱你答
i teul hu e do cha kal kkeom ni da

兩天後會送達。

. . . .

항공편으로 일주일 걸립니다.

夯空匹呦呢囉 衣兒租衣兒 口兒林你答

hang gong pyeo neu ro il ju il geol lim ni da

空運要一個星期。

. . . .

속달 우편으로 보내시면 내일쯤 도착할
수 있습니다.

搜他兒 烏匹呦呢囉 波內西謬恩 內衣兒贈
頭插卡兒 蘇 衣森你答

sok ttal u pyeo neu ro bo nae si myeon nae il jjeum

do cha kal ssu it sseum ni da

**如果您用快遞寄出，大概明天就會送達
了。**

相關詢問

急用會話

소포의 내용물은 무엇입니까?
搜波耶 內庸目冷 目喔新你嘎
so po ui nae yong mu reun mu eo sim ni kka

包裹的內容物為何？

. . . .

우체통은 어디에 있습니까?
烏疵耶桶恩 喔滴耶 衣森你嘎
u che tong eun eo di e it sseum ni kka

請問郵筒在哪裡？

. . . .

발신인의 이름과 주소는 어디에 써야 합
니까?
怕兒西您耶 衣冷瓜 租搜能 喔滴耶 搜呀
憨你嘎
bal ssi ni nui i reum gwa ju so neun eo di e sseo ya
ham ni kka

寄件人的名字和地址要寫在哪裡？

. . . .

이 소포는 중량 제한 내에 들어갑니까?
衣 搜波能 尊良 賊憨 內耶 特囉砍你嘎
i so po neun jung nyang je han nae e deu reo gam
ni kka

這個包裹在重量限制以內嗎？

봉투는 여기서 살 수 있습니까?

朋土能 呦可衣搜 沙兒 蘇 衣森你嘎

bong tu neun yeo gi seo sal ssu it sseum ni kka

信封這裡可以買得到嗎？

. . . .

이걸 부치는 가장 싼 방법이 무엇입니까?

衣狗兒 鋪七能 卡髒 山 旁波逼 目喔新你
嘎

i geol bu chi neun ga jang ssan bang beo bi mu eo
sim ni kka

寄這個最便宜的方法是什麼？

補充詞彙

보내는 사람
波內能 沙郎
bo nae neun sa ram
寄件人

. . . .

받는 사람
怕能 沙郎
ban neun sa ram
收件人

. . . .

우표를 붙이다
鳥匹呦惹 鋪妻答
u pyo reul ppu chi da
貼郵票

. . . .

편지를 부치다
匹翁幾惹 鋪妻答
pyeon ji reul ppu chi da
寄信

. . . .

소포를 보내다
搜波惹 波內答
so po reul ppo nae da
寄包裹

빨리 ㅂ 잘 있습ㄴ

실례지만, 성함이 어
저는 한국 문화를 좋

만나게 되어 반갑습ㄴ

한국요리를 좋아해요, 일본

第一章

在銀行 은행에서

```
臨 時
急 用
```

日常生活篇
일상생활편

성함이 어ㅇㅇㅇ좋아합니다.
한국 문화를 좋아합니다.
가습니다.

開戶

急用會話

계좌를 개설하고 싶은데요.
K爪惹 K搜拉溝 西噴貼呦
gye jwa reul kkae seol ha go si peun de yo
我想開戶。

．．．．．．．．．．．．．．．．．．

인감과 신분증을 가져 오셨습니까?
銀乾刮 新布恩蒸兒 卡糾 喔休森你嘎
in gam gwa sin bun jeung eul kka jeo o syeot
sseum ni kka

您有帶印章和身分證嗎？

．．．．．．．．．．．．．．．．．．

저는 유학생입니다. 여권도 됩니까?
醜能 U哈先影你答 呦果恩豆 腿你嘎
jeo neun yu hak ssaeng im ni da yeo gwon do
doem ni kka

我是留學生，護照可以嗎？

．．．．．．．．．．．．．．．．．．

어디에 서명을 합니까?
喔滴耶 搜謬兒 憨你嘎
eo di e seo myeong eul ham ni kka

要在哪裡簽名？

銀行業務

急用會話

비밀번호를 여기에 기입해 주십시오.
匹咪兒朋齁惹 呦可衣耶 可衣以杯 租西不
休
bi mil beon ho reul yeo gi e gi i pae ju sip ssi o
請在這裡寫上密碼。

. . . .

어느 것이 이자가 비교적 높습니까?
喔呢 狗西 衣炸嘎 匹可呦走 呢喔森你嘎
eo neu geo si i ja ga bi gyo jeok nop sseum ni kka
哪一種利息比較高？

. . . .

이율은 얼마입니까?
衣U冷恩 喔兒媽影你嘎
i yu reun eol ma im ni kka
利率是多少？

. . . .

신용카드를 만드고 싶습니다.
新庸卡特惹 蠻特溝 西森你答
si nyong ka deu reul man deu go sip sseum ni da
我想申辦信用卡。

. . . .

카드 분실을 신고하려고 합니다.
卡特 鋪恩西惹 新溝哈溜溝 憨你答
ka deu bun si reul ssin go ha ryeo go ham ni da

91

我要申請信用卡掛失。

현금 자동지급기는 어디 있죠?

喝呦恩跟 插東基可可衣能 喔滴 衣糾

hyeon geum ja dong ji geup kki neun eo di it jjyo

提款機（ATM）在哪裡？

- - - - - - - - - - - - - - - - - -

대출을 받고 싶습니다.

貼粗惹 怕溝 西森你答

dae chu reul ppat kko sip sseum ni da

我想貸款。

- - - - - - - - - - - - - - - - - -

저금하러 왔는데요.

醜可媽囉 哇能貼呦

jeo geum ha reo wan neun de yo

我來存錢。

- - - - - - - - - - - - - - - - - -

송금하고 싶은데요.

松跟媽溝 西噴貼呦

song geum ha go si peun de yo

我想匯錢。

- - - - - - - - - - - - - - - - - -

예금하려고 해요.

耶可媽溜溝 黑呦

ye geum ha ryeo go hae yo

我要存款。

이것은 이자를 지급합니까?

衣狗奢 衣炸惹 基可盤你嘎

i geo seun i ja reul jji geu pam ni kka

這個有付利息嗎？

. . . .

실레하지만, 거스름 돈이 틀린 것 같습니다.

西兒累哈基慢 口思冷 同你 特林 狗 卡森 你答

sil le ha ji man geo seu reum do ni teul lin geot gat sseum ni da

不好意思，你好像找錯錢了。

換錢

急用會話

환전을 하고 싶은데요.
歡宗呢兒 哈溝 西噴貼呦
hwan jeo neul ha go si peun de yo

我想要換錢。

. . . .

달러를 한국돈으로 바꾸려고 합니다.
他兒囉惹 憨估同呢囉 怕估溜溝 憨你答
dal leo reul han guk tto neu ro ba kku ryeo go ham ni da

我想將美金換成韓幣。

. . . .

오늘 환율이 얼마입니까?
喔呢兒 歡呢U里 喔兒媽影你嘎
o neul hwa nyu ri eol ma im ni kka

今天的匯率是多少？

. . . .

오늘 일 달러에 몇 원이에요?
喔呢兒 衣兒 他兒囉耶 謬 窩你耶呦
o neul il dal leo e myeot wo ni e yo

今天一美元兌換多少韓元呢？

. . . .

얼마를 바꿔 드릴까요?
喔兒媽惹 怕郭 特裡兒嘎呦
eol ma reul ppa kkwo deu ril kka yo

要幫您換多少錢呢？

모두 오만원짜리로 바꿔 주세요.
摸度 喔蠻我恩炸里囉 怕郭 租誰呦
mo du o ma nwon jja ri ro ba kkwo ju se yo

請全部幫我換成五萬元紙鈔。

환전하는 곳이 어디인가요?
歡宗那能 狗西 喔滴引嘎呦
hwan jeon ha neun go si eo di in ga yo

換錢的地方在哪裡呢？

이 여행자 수표를 현금으로 바꿔 주시겠
습니까?
衣 呦黑恩炸 酥匹呦惹 呵呦恩可們囉 怕
郭 租西給森你嘎
i yeo haeng ja su pyo reul hyeon geu meu ro ba
kkwo ju si get sseum ni kka

可以幫我把這張旅行支票換成現金嗎？

돈을 어떻게 바꿔 드릴까요?
同呢兒 喔豆K 怕郭 特里兒嘎呦
do neul eo tteo ke ba kkwo deu ril kka yo

錢要怎麼幫您換？

오만원짜리 지폐 10장, 나머지는 만원으
로 부탁합니다.

喔蠻我恩炸里 基配 呦兒髒 那摸基能 蠻
我呢囉 鋪它砍你答

o ma nwon jja ri ji pye yeol jang na meo ji neun ma nwo neu ro bu ta kam ni da

五萬元的紙鈔十張，剩餘的請給我一萬元的紙鈔。

· ·

수수료를 내야 합니까?

酥酥溜惹 內呀 憨你嘎

su su ryo reul nae ya ham ni kka

需要支付手續費嗎？

· ·

이 근처에 외화를 환전하는 은행이 있습
니까?

衣 肯醜耶 威花惹 歡宗那能 恩黑恩衣 衣
森你嘎

i geun cheo e oe hwa reul hwan jeon ha neun eun haeng i it sseum ni kka

這附近有兌換外幣的銀行嗎？

補充詞彙

신탁예금
新他耶跟
sin ta gye geum
信託存款

. . . .

정기예금
寵恩可衣耶跟恩
jeong gi ye geum
定期存款

. . . .

계좌번호
K抓朋齣
gye jwa beon ho
帳號

. . . .

연이율
呦你U兒
yeo ni yul
年利率

. . . .

지폐
機配
ji pye
紙鈔

동전
同總恩
dong jeon
錢幣

- - - - - - - - - - - - - - - - - -

잔액
禪內
ja naek
餘額

- - - - - - - - - - - - - - - - - -

현금
喝呦恩跟恩
hyeon geum
現金

- - - - - - - - - - - - - - - - - -

수수료
酥酥溜
su su ryo
手續費

- - - - - - - - - - - - - - - - - -

신용 카드
新庸 卡特
si nyong ka deu
信用卡

빨디 ㅂ 잘 있습니
실례지만, 성함이 어
저는 한국 문화를 좋
만나게 되어 반갑습니
한국요리를 좋아해요, 일본

第一章

在美髮院 미용실에서

臨 時	
急 用	

日常生活篇
일상생활편

성함이
한국 문화를 좋아합니다.
가습니다.

提出要求

急用會話

샴푸해 주세요.
西呀鋪黑 租誰呦
syam pu hae ju se yo

請幫我洗頭髮。

....

머리 스타일을 바꾸려고 해요.
摸里 司他衣惹 怕估溜溝 黑呦
meo ri seu ta i reul ppa kku ryeo go hae yo

我想換髮型。

....

이 사진대로 잘라 주시겠어요?
衣 沙金貼囉 差兒拉 租西給搜呦
i sa jin dae ro jal la ju si ge sseo yo

可以照著這張照片幫我剪嗎？

....

뒷머리는 층을 좀 내서 쳐 주세요.
特烏衣摸理能 曾兒綜 內搜 秋 租誰呦
dwin meo ri neun cheung eul jjom nae seo cheo ju
se yo

後面的頭髮幫我打層次。

設計師提問

急用會話

주로 하는 가르마가 있습니까?
租囉 哈能 卡了媽嘎 衣森你嘎
ju ro ha neun ga reu ma ga it sseum ni kka

您有主要在分的髮線嗎？

. . . .

머리에 젤 좀 발라 드릴까요?
摸里耶 賊兒 綜 怕兒拉 特里兒嘎呦
meo ri e jel jom bal la deu ril kka yo

要幫您抹點髮膠嗎？

. . . .

머리를 어떻게 잘라 드릴까요?
摸里惹 喔都K 插兒拉 特裡兒嘎呦
meo ri reul eo tteo ke jal la deu ril kka yo

頭髮要怎麼幫您剪？

. . . .

길이를 얼마나 짧게 해드릴까요?
可衣里惹 喔兒媽那 炸兒給 黑特里兒嘎呦
gi ri reul eol ma na jjap kke hae deu ril kka yo

長度要幫您剪多短？

剪頭髮

急用會話

머리카락을 자르고 싶습니다.

摸里卡拉哥兒 插了溝 西森你答

meo ri ka ra geul jja reu go sip sseum ni da

我想剪頭髮。

．．．．．．．．．．．．．．．．．．．．．

얼마나 짧게요?

喔兒媽那 渣給呦

eol ma na jjap kke yo

您要剪多短？

．．．．．．．．．．．．．．．．．．．．．

너무 짧게는 자르지 마세요.

呢喔目 渣給能 插了基 媽誰呦

neo mu jjap kke neun ja reu ji ma se yo

請不要剪太短。

．．．．．．．．．．．．．．．．．．．．．

앞머리 좀 잘라 주세요.

阿摸里 綜 差兒拉 租誰呦

am meo ri jom jal la ju se yo

請幫我剪劉海。

．．．．．．．．．．．．．．．．．．．．．

긴 머리를 유지하고 싶으니까, 그냥 다듬
어 주세요.

可銀 摸里惹 U基哈溝 西噴你嘎 可娘 他
疼摸 租誰呦

gin meo ri reul yu ji ha go si peu ni kka geu nyang

da deu meo ju se yo

我想維持長髮，所以修剪一下就好。

. . . .

어깨길이만큼 잘라 주세요.

喔給可衣里蠻坑 插兒拉 租誰呦

eo kkae gi ri man keum jal la ju se yo

請幫我剪到肩膀的長度。

燙頭髮

急用會話

파마를 하려고요.
怕媽惹 哈溜溝呦
pa ma reul ha ryeo go yo

我想燙頭髮。

. . . .

파마만 하는 데는 얼마입니까?
怕媽蠻 哈能 貼能 喔兒媽影你嘎
pa ma man ha neun de neun eol ma im ni kka

只燙頭髮要多少錢？

. . . .

스트레이트 파마를 해 주세요.
司特勒衣特 怕媽惹 黑 租誰呦
seu teu re i teu pa ma reul hae ju se yo

請幫我燙直髮。

. . . .

머리 끝 부분만 약간 곱슬하게 해 주세요.
摸里 根 鋪鋪恩蠻 呀乾 口奢拉給 黑 租
誰呦
meo ri kkeut bu bun man yak kkan gop sseul ha
kke hae ju se yo

請幫我在頭髮尾部的部分稍微燙捲。

染頭髮

急用會話

무슨 색을 원하십니까?
目申 司耶哥兒 我那新你嘎
mu seun sae geul won ha sim ni kka

您要染什麼顏色？

- -

장미색으로 염색해 주실래요?
常咪誰可囉 庸誰K 租西兒累呦
jang mi sae geu ro yeom sae kae ju sil lae yo

你可以幫我染玫瑰色嗎？

- -

이 색이 제 피부색에 어울릴까요?
衣 誰可衣 賊 匹鋪誰給 喔烏兒里兒嘎呦
i sae gi je pi bu sae ge eo ul lil kka yo

這個顏色適合我的皮膚嗎？

- -

머리를 검은색으로 염색하고 싶어요.
摸里惹 恐門司耶可囉 庸司耶卡溝 西波呦
meo ri reul kkeo meun sae geu ro yeom sae ka go
si peo yo

我想把頭髮染成黑色。

補充詞彙

롱헤어
龍黑喔
rong he eo

長髮

- - - - - - - - - - - - - - - - - - - -

쇼트헤어
休特黑喔
syo teu he eo

短髮

- - - - - - - - - - - - - - - - - - - -

생머리
先恩摸里
saeng meo ri

直髮

- - - - - - - - - - - - - - - - - - - -

곱슬머리
口奢兒摸里
gop sseul meo ri

捲髮

- - - - - - - - - - - - - - - - - - - -

대머리
貼摸里
dae meo ri

光頭

뒤로 묶은 머리
特鳥衣囉 目跟 摸里
dwi ro mu kkeun meo ri

馬尾

. . . .

머리를 자르다
摸里惹 插了答
meo ri reul jja reu da

剪頭髮

. . . .

머리를 빗다
摸里惹 匹答
meo ri reul ppit tta

梳頭髮

. . . .

머리를 묶다
摸里惹 目答
meo ri reul muk tta

綁頭髮

. . . .

머리를 감다
摸里惹 砍恩答
meo ri reul kkam da

洗頭髮

빨디ㅂ 잘 있습니
실례지만, 성함이 어
저는 한국 문화를 좋
만나게 되어 반갑습니
한국요리를 좋아해요. 일본

第一章

在洗衣店 세탁소에서

臨時急用 | 日常生活篇
일상생활편

성함이 어
한국 문화를 좋아합니
가습니다.

提出要求

옷 세탁을 부탁하고 싶은데요.
喔 誰他哥兒 鋪它卡溝 西噴貼呦
ot se ta geul ppu ta ka go si peun de yo

我有要送洗的衣物。

. . . .

이 양복 바지를 다려 주세요.
衣 洋鋪 怕基惹 他溜 租誰呦
i yang bok ba ji reul tta ryeo ju se yo

請幫我燙這件西裝褲。

. . . .

이것을 수선해 주세요.
衣狗奢 蘇松內 租誰呦
i geo seul ssu seon hae ju se yo

請幫我修改這件衣服。

. . . .

단추를 달아 주세요.
談粗惹 他拉 租誰呦
dan chu reul tta ra ju se yo

請幫我縫上鈕扣。

. . . .

이 치마 길이 좀 줄여 주세요.
衣 七媽 可衣里 綜 租溜 租誰呦
i chi ma gi ri jom ju ryeo ju se yo

請件裙子的長度請幫我改短。

이 양복을 드라이 클리닝하고 싶어요.

衣 洋鋪哥兒 特拉衣 科兒里您哈溝 西波呦

i yang bo geul tteu ra i keul li ning ha go si peo yo

這件西裝我想乾洗。

. . . .

이 블라우스들을 다림질해 주세요.

衣 波兒拉烏斯的惹 他零基累 租誰呦

i beul la u seu deu reul tta rim jil hae ju se yo

請幫我熨燙這些（女用）襯衫。

. . . .

이 스커트와 블라우스를 드라이하고 싶은데요.

衣 思口特哇 波兒拉烏斯惹 特拉衣哈溝 西噴貼呦

i seu keo teu wa beul la u seu reul deu ra i ha go si peun de yo

我想乾洗這件裙子和（女用）襯衫。

. . . .

이 정장 세탁 좀 해 주세요.

衣 寵恩髒 誰他 綜 黑 租誰呦

i jeong jang se tak jom hae ju se yo

請幫我洗這件套裝。

提出疑問

急用會話

그 치마는 뭐로 만들어졌죠?
科 七媽能 摸囉 蠻特囉酒揪
geu chi ma neun mwo ro man deu reo jeot jjyo

那件裙子的材質是？

. . . .

옷에 자국이 생겼는데 없앨 수 있나요?
喔誰 炸估可衣 先可呦能貼 喔誰兒 蘇 衣 那呦
se ja gu gi saeng gyeon neun de eop ssael su in na
yo

衣服上有污痕可以洗掉嗎？

. . . .

수선을 해 줍니까?
酥松呢 黑 尊你嘎
su seo neul hae jum ni kka

可以幫我修改嗎？

. . . .

이것과 똑같은 단추가 있습니까?
衣狗瓜 豆嘎疼 談粗嘎 衣森你嘎
i geot kkwa ttok kka teun dan chu ga it sseum ni
kka

有和這個一樣的鈕扣嗎？

여기서 가장 가까운 세탁소가 어디죠?

呦可衣搜 卡髒 卡嘎溫 誰他搜嘎 喔滴糾

yeo gi seo ga jang ga kka un se tak sso ga eo di jyo

離這裡最近的洗衣店在哪裡？

. . . .

언제 다 됩니까?

翁賊 他 腿你嘎

eon je da doem ni kka

什麼時候會好？

. . . .

색이 바랠 경우가 있습니까?

誰可衣 怕類兒 可呦恩烏嘎 衣森你嘎

sae gi ba rael gyeong u ga it sseum ni kka

有退色的可能嗎？

. . . .

옷이 줄어들지 않아요?

喔西 租囉特基 安那呦

o si ju reo deul jji a na yo

衣服不會縮小嗎？

. . . .

언제 찾으러 올 수 있습니까?

翁賊 插資囉 喔兒 蘇 衣森你嘎

eon je cha jeu reo ol su it sseum ni kka

什麼時候可以過來拿呢？

. . . .

이 빨래는 비용이 얼마인가요?

衣 爸兒累能 匹庸衣 喔兒媽影嘎呦

i ppal lae neun bi yong i eol ma in ga yo

洗這件要多少錢？

. . . .

이 셔츠의 얼룩을 빼 주실 수 있나요?

衣 休資耶 喔兒路哥兒 杯 租西兒 蘇 衣
那呦

i syeo cheu ui eol lu geul ppae ju sil su in na yo

這件襯衫的污漬可以洗得掉嗎？

領取衣物

急用會話

언제쯤 다 될까요?
翁賊贈 他 腿兒嘎呦
eon je jjeum da doel kka yo

什麼時候會好呢？

가능한 한 빨리 찾고 싶습니다.
卡能憨 憨 爸兒里 擦溝 西森你答
ga neung han han ppal li chat kko sip sseum ni da

我想盡快過來拿。

성함이 어떻게 되시죠?
松憨咪 喔豆K 腿西糾
seong ha mi eo tteo ke doe si jyo

您貴姓大名？

내일 오전 10시 이후 언제든 됩니다.
內衣兒 喔總恩 呦兒西 衣平 翁賊等 腿你答
nae il o jeon yeol si i hu eon je deun doem ni da

明天上午十點以後就可以來拿了。

세탁이 다 끝났어요?
誰他可衣 他 跟那搜呦
se ta gi da kkeun na sseo yo

都洗好了嗎？

이것은 제 것이 아닙니다.
衣狗神 賊 狗西 阿您你答
i geo seun je geo si a nim ni da

這不是我的衣物。

. . . .

옷을 찾으러 왔는데요.
喔奢 插資囉 挖能貼呦
seul cha jeu reo wan neun de yo

我來領取衣服的。

. . . .

내일 저녁까지 이 셔츠가 필요해요.
內衣兒 醜妞嘎基 衣 休資嘎 匹溜黑呦
nae il jeo nyeok kka ji i syeo cheu ga pi ryo hae yo

在明天晚上以前，我需要這件襯衫。

. . . .

오후까지 이 옷 세탁이 가능할까요?
喔乎嘎基 衣 喔 誰他可衣 卡能哈兒嘎呦
hu kka ji i ot se ta gi ga neung hal kka yo

這件衣服在下午以前會洗好嗎？

. . . .

이것은 이번 수요일 전에 필요합니다.
衣狗神 衣崩 酥呦衣兒 走內 匹溜憨你答
i geo seun i beon su yo il jeo ne pi ryo ham ni da

這星期三以前，我需要用到這件衣服。

. . . .

이 스웨터는 3일이면 다 돼요.
衣 思維投能 三衣里謬恩 他 腿呦

i seu we teo neun sa mi ri myeon da dwae yo

這件毛衣三天就會洗好的。

. . . .

세탁물을 찾고 싶습니다.

誰他目惹 插溝 西森你答

se tang mu reul chat kko sip sseum ni da

我要拿洗好的衣物。

補充詞彙

셔츠
休資
syeo cheu
襯衫

. . . .

티셔츠
踢休資
ti syeo cheu
T恤

. . . .

스웨터
思維投
seu we teo
毛衣

. . . .

외투
微吐
oe tu
外套

. . . .

바지
怕幾
ba ji
褲子

치마
妻媽
chi ma
裙子

청바지
蔥怕基
cheong ba ji
牛仔褲

조끼
醜可衣
jo kki
背心

원피스
我匹思
won pi seu
連身洋裝

양복
羊剖
yang bok
西裝

빨리 ㅂ 잘 있습니

실례지만, 성함이 어
저는 한국 문화를 좋

만나게 되어 반갑습니

한국요리를 좋아해요. 일본

第一章

在醫院 병원에서

臨時
急用

日常生活篇
일상생활편

성함이 어
한국 문화를 좋아합니

가습니다.

去醫院

急用會話

저를 병원에 데려다 주시겠어요?
醜惹 匹呦恩我內 鐵溜答 租西給搜呦
jeo reul ppyeong wo ne de ryeo da ju si ge sseo yo

可以帶我去醫院嗎？

. . . .

저는 치과를 가겠습니다.
醜能 妻刮惹 卡給森你答
jeo neun chi gwa reul kka get sseum ni da

我要去看牙科。

. . . .

병원이 어디에 있습니까?
匹翁我你 喔滴耶 衣森你嘎
byeong wo ni eo di e it sseum ni kka

醫院在哪裡？

. . . .

이 근처엔 피부과가 있습니까?
衣 肯抽耶恩 匹布瓜嘎 衣森你嘎
i geun cheo en pi bu gwa ga it sseum ni kka

這附近有皮膚科嗎？

看醫生

急用會話

어디가 아프세요?
喔滴嘎 阿破誰呦
eo di ga a peu se yo

你哪裡不舒服？

....

숨을 들이쉬세요.
蘇們 特李需誰呦
su meul tteu ri swi se yo

吸氣。

....

숨을 내쉬세요.
蘇們 累需誰呦
su meul nae swi se yo

吐氣。

....

체온을 재 봅시다.
疵耶喔呢 賊 跛西答
che o neul jjae bop ssi da

來量體溫。

....

혈압을 재겠습니다.
呵呦辣兒 賊給森你答
hyeo ra beul jjae get sseum ni da

來量血壓。

121

증상을 좀 말씀해 주시겠어요?
增桑兒 綜 馬森妹 組西給搜呦
jeung sang eul jjom mal sseum hae ju si ge sseo yo

可以講一下你的症狀嗎？

. . . .

계속 열이 나요.
K嗽 呦里 那呦
gye sok yeo ri na yo

一直發燒。

. . . .

거의 먹지 못하고 있습니다.
口衣 摸基 摸它溝 衣森你答
geo ui meok jji mo ta go it sseum ni da

幾乎不能吃東西。

. . . .

목이 아파요.
摸可衣 啊怕呦
mo gi a pa yo

喉嚨痛。

. . . .

머리가 아파요.
摸里嘎 啊怕呦
meo ri ga a pa yo

頭痛。

. . . .

발을 삐었어요.
怕惹 匹喔搜呦

ba reul ppi eo sseo yo

脚扭到了。

. . . .

다리를 다쳤어요.

他里惹 它秋搜呦

da ri reul tta cheo sseo yo

腿受傷了。

. . . .

다리 뼈가 부러졌어요.

他里 逼呦嘎 鋪囉酒搜呦

da ri ppyeo ga bu reo jeo sseo yo

腿骨折了。

. . . .

화상을 입었어요.

花商兒 衣播搜呦

hwa sang eul i beo sseo yo

燙傷了。

. . . .

이빨이 아파요.

衣爸里 啊怕呦

i ppa ri a pa yo

牙痛。

. . . .

배가 아파요.

陪嘎 阿怕呦

bae ga a pa yo

肚子痛。

머리가 어지러워요.
摸里嘎 喔基囉我呦
meo ri ga eo ji reo wo yo

頭暈。

기침이 나요.
可衣妻咪 那呦
gi chi mi na yo

咳嗽。

두통이 심해요.
兔通衣 新妹呦
du tong i sim hae yo

頭痛很嚴重。

콧물이 나요.
空目里 那呦
kon mu ri na yo

流鼻涕。

코가 막혔어요.
口嘎 罵可呦搜呦
ko ga ma kyeo sseo yo

鼻塞了。

온 몸에 힘이 없어요.
翁 盟妹 喝衣咪 喔不搜呦

on mo me hi mi eop sseo yo
全身沒力氣。

. . . .

제가 계속 설사를 해요.
賊嘎 K啾 搜兒沙惹 黑呦
je ga gye sok seol sa reul hae yo
我一直拉肚子。

. . . .

감기에 걸린 것 같아요.
砍可衣耶 口兒零 口 嘎他呦
gam gi e geol lin geot ga ta yo
我好像感冒了。

詢問病情

急用會話

병원에 입원해야 합니까?
匹呦恩我內 衣播內壓 憨你嘎
byeong wo ne i bwon hae ya ham ni kka

我需要住院嗎？

. . . .

재 진찰을 받아야 합니까?
賊 金擦惹 怕答壓 憨你嘎
jae jin cha reul ppa da ya ham ni kka

我需要回診嗎？

. . . .

언제쯤 나을 수 있을까요?
翁賊曾 那兒 蘇 衣奢嘎呦
eon je jjeum na eul ssu i sseul kka yo

什麼時候才會好啊？

. . . .

입원하지 않아도 되겠습니까?
衣跛那基 安那豆 腿給森你嘎
i bwon ha ji a na do doe get sseum ni kka

可以不住院嗎？

醫生叮嚀

急用會話

충분한 휴식을 취하십시오.
春不男 呵U西哥 去哈西布修
chung bun han hyu si geul chwi ha sip ssi o

請多休息。

. . . .

당신은 수술을 받으셔야 합니다.
談新恩 蘇蘇惹 怕的修呀 喊你答
dang si neun su su reul ppa deu syeo ya ham ni da

你必須要動手術。

. . . .

물을 많이 마시도록 하세요.
木惹 馬你 媽西豆肉 哈誰呦
mu reul ma ni ma si do rok ha se yo

盡量多喝水。

. . . .

잊지 말고 약을 드세요.
衣基 媽兒溝 壓哥兒 特誰呦
it jji mal kko ya geul tteu se yo

別忘記要吃藥。

補充詞彙

내과
內誇
nae gwa
內科

. . . .

외과
威誇
oe gwa
外科

. . . .

피부과
匹撲誇
pi bu gwa
皮膚科

. . . .

소아과
搜啊誇
so a gwa
小兒科

. . . .

산부인과
山鋪銀誇
san bu in gwa
婦產科

치과
妻詩
chi gwa
牙科

- - - - - - - - - - - - - - - - - - - -

안과
安詩
an gwa
眼科

- - - - - - - - - - - - - - - - - - - -

비뇨기과
匹妞可衣詩
bi nyo gi gwa
泌尿科

- - - - - - - - - - - - - - - - - - - -

이비인후과
衣匹銀呼詩
i bi in hu gwa
耳鼻喉科

- - - - - - - - - - - - - - - - - - - -

정형외과
寵恩呵呦為詩
jeong hyeong oe gwa
骨科

- - - - - - - - - - - - - - - - - - - -

성형외과
松呵呦恩為詩

seong hyeong oe gwa

整型外科

. . . .

내분비내과
內鋪恩匹內誇
nae bun bi nae gwa

內分泌科

. . . .

의사
兒衣沙
ui sa

醫生

. . . .

간호사
扛駒沙
gan ho sa

護士

第一章

在藥局 약국에서

臨時急用

日常生活篇
일상생활편

購買藥品

急用會話

약솜을 팝니까?
押松悶兒 盤你嘎
yak sso meul pam ni kka

這裡有賣藥棉嗎？

. . . .

진통제가 있습니까?
金通賊嘎 衣森你嘎
jin tong je ga it sseum ni kka

有止痛藥嗎？

. . . .

멀미약 좀 주시겠어요?
摸兒咪呀 綜 租西給搜呦
meol mi yak jom ju si ge sseo yo

可以給我暈車藥嗎？

. . . .

감기에 좋은 약이 있어요?
砍可衣耶 醜恩 呀可衣 衣搜呦
gam gi e jo eun ya gi i sseo yo

有治感冒效果很好的藥嗎？

. . . .

제게 반창고를 주세요.
賊給 盤餐溝惹 租誰呦
je ge ban chang go reul jju se yo

給我ＯＫ繃。

수면제를 좀 주십시오.

蘇謬恩賊惹 綜 租西不休

su myeon je reul jjom ju sip ssi o

請給我安眠藥。

- -

가장 가까운 약국은 어디입니까?

卡髒 卡嘎溫 呀古根 喔滴影你嘎

ga jang ga kka un yak kku geun eo di im ni kka

最近的藥局在哪裡？

- -

처방대로 약을 조제해 주세요.

抽幫貼囉 呀哥兒 醜賊黑 租誰呦

cheo bang dae ro ya geul jjo je hae ju se yo

請按照處方幫我配藥。

- -

어제부터 열이 좀 있습니다.

喔賊鋪投 呦里 綜 衣森你答

eo je bu teo yeo ri jom it sseum ni da

我從昨天就有點發燒。

- -

감기 기운이 있습니다.

坎坷衣 可衣烏你 衣森你答

gam gi gi u ni it sseum ni da

我有點感冒的症狀。

臨時急用！**菜韓文**
你一定會用到的

對藥品提出疑問

急用會話

병원에 가야 합니까?
匹呦恩我內 卡押 憨你嘎
byeong wo ne ga ya ham ni kka

我需要去醫院嗎？

. . . .

이 약은 감기에 효과가 있습니까?
衣 呀根 坎可衣耶 喝U瓜嘎 衣森你嘎
i ya geun gam gi e hyo gwa ga it sseum ni kka

這個藥對感冒有效嗎？

. . . .

이 약은 식후에 먹는 거에요?
衣 呀根 西哭耶 摸能 溝耶呦
i ya geun si ku e meong neun geo e yo

這個藥是飯後吃的嗎？

. . . .

이 약은 어떻게 먹습니까?
衣 押跟 喔都K 摸森你嘎
i ya geun eo tteo ke meok sseum ni kka

這個藥怎麼吃？

. . . .

하루에 몇 번 복용합니까?
哈嚕耶 謬 崩恩 波庸憨你嘎
ha ru e myeot beon bo gyong ham ni kka

一天吃幾次？

식전에 먹습니까, 아니면 식후에 먹습니까?

系走內 摸森你嘎 阿你謬恩 系哭耶 摸森你嘎

sik jjeo ne meok sseum ni kka a ni myeon si ku e meok sseum ni kka

是飯前吃？還是飯後吃？

- -

부작용은 전혀 없습니까?

鋪炸庸恩 重妞 喔森你嘎

bu ja gyong eun jeon hyeo eop sseum ni kka

完全沒有副作用嗎？

- -

처방전이 필요합니까?

抽幫總你 匹溜憨你嘎

cheo bang jeo ni pi ryo ham ni kka

需要處方籤嗎？

- -

몇 알씩 복용해야 합니까?

謬 啊兒系 波庸黑壓 憨你嘎

myeot al ssik bo gyong hae ya ham ni kka

該服用幾粒呢？

- -

약 먹으면 졸릴까요?

呀 摸哥謬恩 醜兒里兒嘎呦

yak meo geu myeon jol lil kka yo

吃藥會想睡覺嗎？

저는 약물에 대한 과민 반응이 없습니다.

醜能 呀目累 貼憨 誇民 盤恩衣 喔森你答

jeo neun yang mu re dae han gwa min ba neung i

eop sseum ni da

我對藥物不會過敏。

. . . .

저는 알레르기 체질입니다.

醜能 啊兒累了可衣 賊基領你答

jeo neun al le reu gi che ji rim ni da

我是過敏體質。

藥師囑咐

急用會話

식후에 2알씩 드시면 됩니다.
系平耶 禿啊兒系 特西謬恩 腿你答
si ku e du al ssik deu si myeon doem ni da

飯後吃兩粒就可以了。

. . . .

하루에 세 번씩 식사하고 20분 후에 복용
하십시요.
哈嚕耶 誰 崩系 西沙哈溝 衣西鋪恩 呼耶
波可庸哈西部休
ha ru e se beon ssik sik ssa ha go i sip ppun hu e bo
gyong ha sip ssi yo

一天三次，用餐後20分鐘服用。

. . . .

얼음 찜질이 도움이 됩니다.
喔兒冷 金幾里 頭烏咪 腿你答
eo reum jjim ji ri do u mi doem ni da

冰敷很有效。

. . . .

통증이 시작되면 이 알약을 드세요.
通爭衣 西炸腿謬恩 衣 啊兒了呀哥兒 特
誰呦
tong jeung i si jak ttoe myeon i a rya geul tteu se
yo

如果疼痛，就吃個藥丸。

네 시간마다 이 약을 복용하세요.

內 西乾媽答 衣 呀哥兒 波可庸哈誰呦

ne si gan ma da i ya geul ppo gyong ha se yo

請每四個小時服用這個藥。

. . . .

제시간에 약을 복용하시면 나아지실 겁니
다.

賊西感內 呀哥兒 鋪庸哈西謬恩 那啊基西
兒 拱你答

je si ga ne ya geul ppo gyong ha si myeon na a ji sil
geom ni da

如果按時服藥，會好轉的。

補充詞彙

두통약
吐通呀
du tong yak
頭痛藥

변비약
匹翁恩逼呀
byeon bi yak
便秘藥

안약
安呀
a nyak
眼藥水

해열제
黑呦兒賊
hae yeol je
退燒藥

알약
阿了呀
a ryak
藥丸

물약
目了呀
mul lyak
藥水

. . . .

찜질파스
金基兒怕思
jjim jil pa seu
貼布

. . . .

아스피린
阿斯匹領
a seu pi rin
阿斯匹靈

. . . .

면봉
謬恩蹦恩
myeon bong
棉花棒

. . . .

거즈
口資
geo jeu
紗布

第一章

打電話 전화 걸기

日常生活篇
일상생활편

打電話

急用會話

여보세요, 최선생 계세요?
呦波誰呦 崔松先 K誰呦
yeo bo se yo choe seon saeng gye se yo

喂，崔先生在家嗎？

. . . .

민정 씨와 통화하고 싶습니다.
民宗恩 系哇 通花哈溝 西森你答
min jeong ssi wa tong hwa ha go sip sseum ni da

我想和敏靜講電話。

. . . .

여보세요, 하나 은행이죠?
呦播誰呦 哈那 恩內恩衣救
yeo bo se yo ha na eun haeng i jyo

喂，請問是Hana銀行嗎？

. . . .

박효민 씨 있습니까?
怕可呦民 系 衣森你嘎
ba kyo min ssi it sseum ni kka

樸孝敏在嗎？

. . . .

미안하지만 이 선생님 좀 바꿔 주세요.
咪安那基慢 衣 松先灣 綜 怕郭 租誰呦
mi an ha ji man i seon saeng nim jom ba kkwo ju
se yo

不好意思，麻煩請李老師聽電話。

내선 218로 연결해 주세요.
内松 衣配西怕兒囉 庸可呦類 租誰呦
nae seon i baek ssip pal lo yeon gyeol hae ju se yo
請幫我連接到分機218。

여보세요, 김 선생님 댁이지요?
呦播誰呦 可衣恩 松先潯 貼可衣基呦
yeo bo se yo gim seon saeng nim dae gi ji yo
喂，是金老師的家嗎？

괜찮아요. 제가 나중에 다시 걸죠.
揆餐那呦 賊嘎 那尊耶 它西 口兒救
gwaen cha na yo je ga na jung e da si geol jyo
沒關係，我以後再打。

잘 들리지 않아요. 다시 전화 줄래요?
差兒 特兒里基 安那呦 他西 重花 租兒累
呦
jal tteul li ji a na yo da si jeon hwa jul lae yo
我聽不清楚，你可以重打一次電話嗎？

전 방금 전화한 사람인데요.
重恩 旁跟恩 重花憨 沙拉敏貼呦
jeon bang geum jeon hwa han sa ra min de yo
我是剛才打電話的人。

전화를 안 받네요.

重花惹 安 怕內呦

jeon hwa reul an ban ne yo

沒人接電話耶。

. . . .

제가 최 선생님과 통화할 수 있나요?

賊嘎 催 松先您瓜 通花哈兒 酥 衣那呦

je ga choe seon saeng nim gwa tong hwa hal ssu in

na yo

我可以和崔老師通電話嗎？

接電話

急用會話

누구세요?
努估誰呦
nu gu se yo

您是哪位？

．．．．．．．．．．．．．．．．．．．．．．．

여보세요, 누굴 찾으세요?
呦播誰呦 努估兒 插資誰呦
yeo bo se yo nu gul cha jeu se yo

喂，請問找哪位？

．．．．．．．．．．．．．．．．．．．．．．．

전데요. 누구십니까?
重貼呦 努估新你嘎
jeon de yo nu gu sim ni kka

就是我，請問哪位？

．．．．．．．．．．．．．．．．．．．．．．．

실례지만, 누구시죠?
西兒累基慢 努估西糾
sil lye ji man nu gu si jyo

不好意思，您是哪位？

．．．．．．．．．．．．．．．．．．．．．．．

잠깐만요. 불러올게요.
禪乾媽妞 鋪兒囉喔兒給呦
jam kkan ma nyo bul leo ol ge yo

請稍等，我叫他來聽電話。

145

잠시만 기다려 주세요. 연결해 드릴게요.
褌西蠻 可衣答溜 租誰呦 庸恩可呦類 特
裡兒給呦

jam si man gi da ryeo ju se yo yeon gyeol hae deu ril ge yo

請稍等，我幫您連接。

∙∙∙∙∙∙∙∙∙∙∙∙∙∙∙∙∙∙∙∙∙∙∙∙∙∙∙∙

전화 주셔서 감사합니다.
重花 租休搜 砍殺憨你答

jeon hwa ju syeo seo gam sa ham ni da

謝謝您的來電。

∙∙∙∙∙∙∙∙∙∙∙∙∙∙∙∙∙∙∙∙∙∙∙∙∙∙∙∙

지금 자리를 비우셨는데요.
妻跟 炸里惹 匹烏休能貼呦

ji geum ja ri reul ppi u syeon neun de yo

他現在不在位子上。

∙∙∙∙∙∙∙∙∙∙∙∙∙∙∙∙∙∙∙∙∙∙∙∙∙∙∙∙

무슨 일로 전화하셨나요?
目申 衣兒囉 重花哈休那呦

mu seun il lo jeon hwa ha syeon na yo

您因何事來電呢？

∙∙∙∙∙∙∙∙∙∙∙∙∙∙∙∙∙∙∙∙∙∙∙∙∙∙∙∙

잠시만 기다려주시겠어요?
褌西蠻 可衣答溜租西給搜呦

jam si man gi da ryeo ju si ge sseo yo

你可以稍等一下嗎？

강 과장님을 바꿔드리겠습니다.
扛 誇髒你悶兒 怕郭特里給森你答
gang gwa jang ni meul ppa kkwo deu ri get sseum
ni da

幫您轉接給姜課長。

. . . .

잘못 거셨습니다.
插兒木 口休森你答
jal mot geo syeot sseum ni da

你打錯了。

. . . .

죄송합니다. 그는 지금 회의 중입니다.
崔松憨你答 可能 基跟 灰衣 尊影你答
joe song ham ni da geu neun ji geum hoe ui jung
im ni da

對不起，他現在在開會。

補充詞彙

핸드폰
黑恩特朋
haen deu pon
手機

. . . .

휴대폰
呵U貼朋
hyu dae pon
手機

. . . .

슬라이드폰
奢拉衣特朋
seul la i deu pon
滑蓋手機

. . . .

스마트폰
思媽特朋
seu ma teu pon
智慧型手機

. . . .

핸드폰 충전기
黑恩特朋 春宗可衣
haen deu pon chung jeon gi
手機充電器

문자 메시지
目恩炸 妹西基
mun ja me si ji
簡訊

∙ ∙ ∙ ∙ ∙ ∙ ∙ ∙ ∙ ∙ ∙ ∙ ∙ ∙ ∙ ∙ ∙ ∙ ∙ ∙

전화를 걸다
重花惹 口兒答
jeon hwa reul kkeol da
打電話

∙ ∙ ∙ ∙ ∙ ∙ ∙ ∙ ∙ ∙ ∙ ∙ ∙ ∙ ∙ ∙ ∙ ∙ ∙ ∙

전화를 끊다
重花惹 跟答
jeon hwa reul kkeun ta
掛電話

∙ ∙ ∙ ∙ ∙ ∙ ∙ ∙ ∙ ∙ ∙ ∙ ∙ ∙ ∙ ∙ ∙ ∙ ∙ ∙

전화를 받다
重花惹 怕答
jeon hwa reul ppat tta
接電話

∙ ∙ ∙ ∙ ∙ ∙ ∙ ∙ ∙ ∙ ∙ ∙ ∙ ∙ ∙ ∙ ∙ ∙ ∙ ∙

수화기를 들다
蘇花可衣惹 特兒答
su hwa gi reul tteul tta
拿起聽筒

∙ ∙ ∙ ∙ ∙ ∙ ∙ ∙ ∙ ∙ ∙ ∙ ∙ ∙ ∙ ∙ ∙ ∙ ∙ ∙

메시지를 남기다
妹西幾惹 男可衣答

me si ji reul nam gi da

留言

. . . .

통화중
通花尊
tong hwa jung

占線中

. . . .

전화번호
重花朋駒
jeon hwa beon ho

電話號碼

. . . .

공중전화
空尊重花
gong jung jeon hwa

公共電話

빨리 ㅂ 잘 있습
실례지만, 성함이 어
저는 한국 문화를 좋
만나게 되어 반갑습
한국요리를 좋아해요, 일본

第二章

在飛機內 기내에서

旅遊篇
여행편

성함이 어
한국 문화를 좋아합니다.
가습니다.

找座位

急用會話

제 좌석을 가르쳐 주시겠습니까?
賊 抓搜哥兒 卡了秋 租西給森你嘎
je jwa seo geul kka reu cheo ju si get sseum ni kka

可以告訴我我的位子在哪嗎？

．．．．．．．．．．．．．．．．．．．．．．

저쪽입니다. 제가 안내해 드리겠습니다.
醜走可衣你答 賊嘎 安內黑 特里給森你答
jeo jjo gim ni da je ga an nae hae deu ri get sseum
ni da

您的坐位在那裡，我帶您過去。

．．．．．．．．．．．．．．．．．．．．．．

여기가 손님 좌석입니다.
呦可衣嘎 松您 抓搜可影你答
yeo gi ga son nim jwa seo gim ni da

這裡是乘客您的坐位。

．．．．．．．．．．．．．．．．．．．．．．

화장실이 어디에 있습니까?
花髒西里 喔滴耶 衣森你嘎
hwa jang si ri eo di e it sseum ni kka

請問廁所在哪裡？

索取物品

急用會話

담요를 주시겠습니까?
談呦惹 租西給森你嘎
dam nyo reul jju si get sseum ni kka
可以給我毯子嗎？

································

중국어 신문이 필요합니다.
尊估狗 新目你 匹溜憨你答
jung gu geo sin mu ni pi ryo ham ni da
我需要中文的報紙。

································

베개 좀 주시겠어요?
賠給 綜 租西給搜呦
be gae jom ju si ge sseo yo
可以給我枕頭嗎？

································

펜 하나 빌릴 수 있을까요?
胚恩 哈那 匹里兒 蘇 衣奢嘎呦
pen ha na bil lil su i sseul kka yo
可以借我一隻筆嗎？

································

휴지 좀 주세요.
呵U基 綜 租誰呦
hyu ji jom ju se yo
請給我衛生紙。

機上餐

急用會話

점심 식사로 소고기와 생선 중에 무엇으로 하시겠습니까?

寵新 細沙囉 搜溝可衣哇 先松 尊耶 目喔 思囉 哈西給森你嘎

jeom sim sik ssa ro so go gi wa saeng seon jung e mu eo seu ro ha si get sseum ni kka

午餐有牛肉和海鮮，您要哪一種？

- -

생선으로 하겠습니다.

先松呢囉 哈給森你答

saeng seo neu ro ha get sseum ni da

我要海鮮。

- -

콜라를 주십시오.

口兒拉惹 租新不休

kol la reul jju sip ssi o

請給我可樂。

- -

맥주 한 잔 주실래요?

妹租 憨 髒 租西兒累呦

maek jju han jan ju sil lae yo

可以給我一杯啤酒嗎？

特別要求

急用會話

기내에서 면세품을 팝니까?
可衣內耶搜　謬恩誰鋪悶兒　盤你嘎
gi nae e seo myeon se pu meul pam ni kka

飛機上有賣免稅商品嗎？

．．．．．．．．．．．．．．．．．．．．．

커피 한 잔 더 주시겠습니까?
口匹　憨　髒　投　租西給森你嘎
keo pi han jan deo ju si get sseum ni kka

可以再給我一杯咖啡嗎？

．．．．．．．．．．．．．．．．．．．．．

토할 거 같아요. 멀미약 있어요?
偷哈兒　狗　嘎他呦　摸兒咪呀　衣搜呦
to hal kkeo ga ta yo meol mi yak i sseo yo

我好像快吐了，有暈車藥嗎？

．．．．．．．．．．．．．．．．．．．．．

이어폰 사용방법 좀 가르쳐 주십시요.
衣喔朋　殺庸旁播　綜　卡了秋　租西不休
i eo pon sa yong bang beop jom ga reu cheo ju sip
ssi yo

請告訴我耳機的使用方法。

補充詞彙

여승무원
呦森目我恩
yeo seung mu won
空姐

. . . .

자리
炸里
ja ri
座位

. . . .

창문
餐目恩
chang mun
窗口

. . . .

통로
通囉
tong no
走道

. . . .

안전벨트
安宗配兒特
an jeon bel teu
安全帶

빨리 ㅂ 잘 있습ㄴ

실례지만, 성함이 어

저는 한국 문화를 좋

만나게 되어 반갑습ㄴ

한국요리를 좋아해요, 일본

第二章

在仁川機場 인천공항에서

臨時
急用

旅遊篇
여행편

성함이 어떻게 되십니까
한국 문화를 좋아합니다.
ㅏ 가습니다.

入境檢查

여권을 보여 주시겠습니까?
呦果呢兒 波呦 租西給森你嘎
yeo gwo neul ppo yeo ju si get sseum ni kka
可以出示您的護照嗎？

....

어디에서 오셨습니까?
喔滴耶搜 喔休森你嘎
eo di e seo o syeot sseum ni kka
你從哪裡來？

....

저는 대만에서 왔습니다.
醜能 貼蠻內搜 哇森你答
jeo neun dae ma ne seo wat sseum ni da
我從台灣來的。

....

방문 목적이 무엇입니까?
旁目恩 末走可衣 目喔新你嘎
bang mun mok jjeo gi mu eo sim ni kka
你來這裡的目的是什麼？

....

저는 관광하러 왔습니다.
醜能 狂光哈囉 哇森你答
jeo neun gwan gwang ha reo wat sseum ni da
我是來觀光的。

직업이 무엇입니까?
基狗逼 目喔新你嘎
ji geo bi mu eo sim ni kka

你的職業是什麼？

. . . .

저는 회사원입니다.
醜能 灰沙我影你答
jeo neun hoe sa wo nim ni da

我是公司職員。

. . . .

저는 한국에 처음 왔습니다.
醜能 憨估給 抽恩 哇森你答
jeo neun han gu ge cheo eum wat sseum ni da

我第一次來韓國。

. . . .

롯데호텔에 묵을 것입니다.
漏鐵軥貼累 目哥兒 狗新你答
rot tte ho te re mu geul kkeo sim ni da

我會住在樂天飯店。

. . . .

여기서 얼마나 계실 겁니까?
呦可衣搜 喔兒媽那 K西兒 拱你嘎
yeo gi seo eol ma na gye sil geom ni kka

你要在這裡待多久？

. . . .

삼사일정도 머무를 예정입니다.
三恩殺衣兒寵豆 摸目惹 耶宗恩影你答

159

sam sa il jeong do meo mu reul ye jeong im ni da

我預計要待3, 4天左右。

. . . .

귀국 항공편 티켓은 있습니까?

虧估 憨空匹呦 梯k深 衣森你嘎

gwi guk hang gong pyeon ti ke seun it sseum ni kka

你有回國的機票嗎？

. . . .

저는 방문하러 왔습니다.

醜能 旁目那囉 哇森你答

jeo neun bang mun ha reo wat sseum ni da

我是來探親的。

提領行李

急用會話

짐을 찾는 곳은 어디입니까?
幾悶兒 擦能 狗神 喔滴影你嘎
ji meul chan neun go seun eo di im ni kka

領取行李的地方在哪裡？

. . . .

어디에서 짐을 찾습니까?
喔滴耶搜 幾們兒 擦森你嘎
eo di e seo ji meul chat sseum ni kka

在哪裡拿行李呢？

. . . .

제 짐을 못 찾았어요.
賊 幾悶兒 末 插炸搜呦
je ji meul mot cha ja sseo yo

我找不到我的行李。

. . . .

제 짐이 없어졌습니다.
賊 幾咪 喔部搜久森你答
je ji mi eop sseo jeot sseum ni da

我的行李不見了。

. . . .

카트는 어디에 있습니까?
卡特能 喔滴耶 衣森你嘎
ka teu neun eo di e it sseum ni kka

請問手推車在哪裡？

海關

急用會話

짐 좀 열어 보십시오.
幾恩 綜 呦囉 波西不休
jim jom yeo reo bo sip ssi o

請你打開你的行李。

저는 신고할 것이 없습니다.
醜能 新溝哈兒 狗系 喔森你答
jeo neun sin go hal kkeo si eop sseum ni da

我沒有要申報的東西。

이것들은 무엇입니까?
衣狗的冷 目喔新你嘎
i geot tteu reun mu eo sim ni kka

這些是什麼？

이것은 제가 사용하는 노트북입니다.
衣狗神 賊嘎 沙庸哈能 呢歐特部可影你答
i geo seun je ga sa yong ha neun no teu bu gim ni
da

這是我使用的筆記型電腦。

저는 술 두 병을 가져왔습니다.
醜能 酥兒 土 匹呦恩兒 卡糾哇森你答
jeo neun sul du byeong eul kka jeo wat sseum ni

---

da
我帶了兩瓶酒。

. . . .

이것은 친구에게 줄 선물입니다.
衣狗神 親辜耶給 租兒 松目領你答
i geo seun chin gu e ge jul seon mu rim ni da

這是要送給朋友的禮物。

. . . .

이것은 개인용으로 쓰는 화장품입니다.
衣狗深 Ｋ銀庸兒囉 司能 花髒鋪敏你答
i geo seun gae i nyong eu ro sseu neun hwa jang
pu mim ni da

這是自己要用的化妝品。

163

機場服務台

急用會話

공항 안내는 어디 있습니까?
空夯 安內能 喔滴 衣森你嘎
gong hang an nae neun eo di it sseum ni kka

請問機場服務台在哪裡？

. . . .

시내까지 가는 공항 버스는 어디서 타야
합니까?
西內嘎基 卡能 空夯 波思能 喔滴搜 他呀
憨你嘎
si nae kka ji ga neun gong hang beo seu neun eo di
seo ta ya ham ni kka

前往市區的機場巴士要在哪裡搭？

. . . .

롯데 호텔은 어떻게 가야 합니까?
漏貼 齁貼冷 喔豆K 卡呀 憨你嘎
rot tte ho te reun eo tteo ke ga ya ham ni kka

請問要怎麼去樂天飯店？

. . . .

손수레는 어디 있습니까?
松酥累能 喔滴 衣森你嘎
son su re neun eo di it sseum ni kka

請問手推車在哪裡？

. . . .

관광 안내자료를 얻고 싶어요.

狂光 安內炸溜惹 喔溝 西波呦

gwan gwang an nae ja ryo reul eot kko si peo yo

我想領取觀光指南的資料。

* * *

어디서 핸드폰을 대여할 수 있지요?

喔滴搜 黑恩特朋呢兒 貼呦哈兒 酥 衣基
呦

eo di seo haen deu po neul ttae yeo hal ssu it jji yo

哪裡可以租手機呢？

* * *

호텔을 좀 예약해 주실 수 있습니까?

齁貼惹 綜 耶呀K 租西兒 酥 衣森你嘎

ho te reul jjom ye ya kae ju sil su it sseum ni kka

可以幫我預約飯店嗎？

補充詞彙

여권
呦果恩
yeo gwon
護照

. . . .

비자
匹炸
bi ja
簽證

. . . .

수하물
酥哈目恩
su ha mul
手提行李

. . . .

항공 회사
夯空 輝沙
hang gong hoe sa
航空公司

. . . .

공항 버스
空夯 波思
gong hang beo seu
機場巴士

第二章

在市區 시내에서

| 臨 | 時 |
| 急 | 用 |

旅遊篇
여행편

前往市區

急用會話

어디서 공항버스를 타나요?
喔滴搜 空夯播思惹 他那呦
eo di seo gong hang beo seu reul ta na yo
請問在哪裡搭機場巴士？

. . . .

어떻게 서울로 갈 수 있습니까?
喔豆K 搜烏兒囉 卡兒 蘇 衣森你嘎
eo tteo ke seo ul lo gal ssu it sseum ni kka
請問我要怎麼去首爾？

. . . .

어떤 교통 편으로 부산을 갈 수 있나요?
喔東 可呦通 匹呦呢囉 鋪山呢兒 卡兒 蘇
衣那呦
eo tteon gyo tong pyeo neu ro bu sa neul kkal ssu
in na yo
請問我可以搭什麼交通工具到釜山？

. . . .

어디서 택시를 기다립니까?
喔滴搜 貼西惹 可衣答領你嘎
eo di seo taek ssi reul kki da rim ni kka
我要在哪裡等計乘車？

觀光諮詢處

急用會話

관광 안내소는 어디에 있나요?
狂光 安內搜能 喔滴耶 衣那呦
gwan gwang an nae so neun eo di e in na yo

觀光諮詢所在哪裡？

. . . .

관광 정보를 알려 주시겠습니까?
狂光 寵播惹 啊兒溜 租西給森你嘎
gwan gwang jeong bo reul al lyeo ju si get sseum
ni kka

可不可以提供旅遊資訊？

. . . .

꼭 가봐야 할 곳들을 추천해 주세요.
固 卡怕呀 哈兒 狗的惹 粗蔥內 租誰呦
kkok ga bwa ya hal kkot tteu reul chu cheon hae ju
se yo

請推薦我一些一定要去的地方。

. . . .

저는 시내 관광을 하겠습니다.
醜能 西內 狂光兒 哈給森你答
jeo neun si nae gwan gwang eul ha get sseum ni
da

我要去市區觀光。

169

시내를 한 눈에 볼 수 있는 곳이 있습니
까?

西內惹 憨 努內 波兒 酥 衣能 狗西 衣森
你嘎

si nae reul han nu ne bol su in neun go si it sseum
ni kka

有可以欣賞市區全景的地方嗎？

. . . .

저에게 설명을 해 주시겠습니까?

醜耶給 搜兒謬恩兒 黑 租西給森你嘎

jeo e ge seol myeong eul hae ju si get sseum ni kka

可不可以幫我解說一下？

. . . .

중국어로 된 안내 책자가 있습니까?

尊估狗囉 推 安內 疵耶炸嘎 衣森你嘎

jung gu geo ro doen an nae chaek jja ga it sseum ni
kka

有沒有中文的手冊？

. . . .

좋은 관광 코스를 추천해 주시겠어요?

醜恩 狂光 摳思惹 粗蔥內 租西給搜呦

jo eun gwan gwang ko seu reul chu cheon hae ju si
ge sseo yo

可以推薦不錯的觀光路線給我嗎？

. . . .

어디서 유람선을 탈 수 있습니까?

喔滴搜 U郎松呢兒 他兒 蘇 衣森你嘎

eo di seo yu ram seo neul tal ssu it sseum ni kka

哪裡可以搭乘遊覽船呢？

. . . .

여기부터 저기까지의 거리는 어떻게 됩니까?

呦可衣鋪投　醜可衣嘎基耶　口里能　喔豆K
腿你嘎

yeo gi bu teo jeo gi kka ji ui geo ri neun eo tteo ke
doem ni kka

從這裡到那裡的距離有多遠？

. . . .

하루의 비용이 얼마입니까?

哈嚕耶　匹庸衣　喔兒媽影你嘎

ha ru ui bi yong i eol ma im ni kka

一天的費用是多少錢？

. . . .

여기서 예약할 수 있습니까?

呦可衣搜　耶呀卡兒　蘇　衣森你嘎

yeo gi seo ye ya kal ssu it sseum ni kka

這裡可以預約嗎？

. . . .

서울의 관광안내 팸플릿이 있습니까?

搜烏累　狂光安內　胚恩波兒里西　衣森你嘎

seo u rui gwan gwang an nae paem peul li si it
sseum ni kka

有首爾的觀光手冊嗎？

그 곳에서 무엇을 볼 수 있습니까?

可 狗誰搜 目喔奢 波兒 蘇 衣森你嘎

geu go se seo mu eo seul ppol su it sseum ni kka

在那裡可以看到什麼？

관광 버스가 있나요?

狂光 波斯嘎 衣那呦

gwan gwang beo seu ga in na yo

請問有觀光巴士嗎？

영어는 못 알아듣습니다. 중국어를 할 줄 아는 분이 있습니까?

庸喔能 摸 阿拉特森你答 尊估狗惹 哈兒 租兒 阿能 鋪你 衣森你嘎

yeong eo neun mot a ra deut sseum ni da jung gu geo reul hal jjul a neun bu ni it sseum ni kka

我聽不懂英文，有沒有會說中文的人？

表演及展示會

急用會話

오늘 공연은 무엇입니까?
喔呢 空呦能 目喔新你嘎
o neul kkong yeo neun mu eo sim ni kka

今天的表演是什麼？

. . . .

한국의 민속 공연을 보고 싶습니다.
憨估給 民搜 空庸呢兒 波溝 西森你答
han gu gui min sok gong yeo neul ppo go sip
sseum ni da

我想看韓國的民俗表演。

. . . .

입장료는 얼마입니까?
衣髒溜能 喔兒媽影你嘎
ip jjang nyo neun eol ma im ni kka

入場費多少錢？

. . . .

공연을 언제 시작합니까?
空庸呢兒 翁賊 西插砍你嘎
gong yeo neul eon je si ja kam ni kka

請問表演幾點開始？

. . . .

오후 3시 공연 표를 사고 싶습니다.
喔乎 誰西 空庸 匹呦惹 沙勺 西森你答
o hu se si gong yeon pyo reul ssa go sip sseum ni da

我想買下午三點的表演票。

- -

난타쇼는 어디서 볼 수 있습니까?

男他休能　喔滴搜　波兒　蘇　衣森你嘎

nan ta syo neun eo di seo bol su it sseum ni kka

哪裡可以看到亂打表演？

- -

매표소는 어디에 있습니까?

妹匹呦搜能　喔滴耶　衣森你嘎

mae pyo so neun eo di e it sseum ni kka

售票處在哪裡？

- -

가장 싼 표는 얼마입니까?

卡髒　商　匹呦能　喔兒媽影你嘎

ga jang ssan pyo neun eol ma im ni kka

最便宜的票多少錢？

- -

이 공연은 어디서 열립니까?

衣　空庸能　喔滴搜　呦兒領你嘎

i gong yeo neun eo di seo yeol lim ni kka

請問這個表演在哪裡舉行？

- -

전시회는 몇 시에 엽니까?

重西灰能　謬　西耶　永你嘎

jeon si hoe neun myeot si e yeom ni kka

展示會幾點開放？

전람관은 어디 있습니까?
重郎管能　喔滴　衣森你嘎
jeol lam gwa neun eo di it sseum ni kka

展覽館在哪裡？

. . . .

이 작품은 누가 만들었습니까?
衣　差鋪悶　努嘎　蠻特囉森你嘎
i jak pu meun nu ga man deu reot sseum ni kka

這個作品是誰的？

KTV

急用會話

같이 노래방에 갈까요?
卡器 呢喔勒幫耶 卡兒嘎呦
ga chi no rae bang e gal kka yo

一起去KTV，好嗎？

. . . .

먼저 부르세요.
盟醜 鋪了誰呦
meon jeo bu reu se yo

你先唱吧。

. . . .

내가 먼저 부를게요.
累嘎 盟奏 鋪惹給呦
nae ga meon jeo bu reul kke yo

我先唱。

. . . .

노래책이랑 리모콘 주세요.
呢喔累疵耶可衣郎 里摸恐 租誰呦
no rae chae gi rang ri mo kon ju se yo

請把歌本和遙控器給我。

. . . .

최신곡으로 한 곡 불러 보세요.
催新口哥囉 憨 口 鋪兒囉 波誰呦
choe sin go geu ro han gok bul leo bo se yo

請唱一首新歌吧。

목소리가 좋으시네요.
摸搜里嘎 醜兒西內呦
mok sso ri ga jo eu si ne yo

你的聲音真棒！

. . . .

노래 번호를 잘못 눌렀어요.
呢喔累 朋齁惹 差兒摸 努兒囉搜呦
no rae beon ho reul jjal mot nul leo sseo yo

歌曲的號碼我按錯了。

. . . .

한 시간을 연장해 주세요.
憨 西乾呢兒 庸髒黑 租誰呦
han si ga neul yeon jang hae ju se yo

請幫我延長一個小時。

. . . .

저는 옛날 노래밖에 안 불러요.
醜能 耶那兒 呢喔累怕給 安 鋪兒囉呦
jeo neun yen nal no rae ba kke an bul leo yo

我只會唱老歌。

. . . .

나는 한국노래는 한 곡도 못 불러요.
那能 憨估呢喔累能 憨 口豆 摸 鋪兒囉呦
na neun han gung no rae neun han gok tto mot bul
leo yo

我一首韓文歌也不會唱。

. . . .

다같이 부를 수 있는 노래로 고릅시다.

他卡器 鋪惹 蘇 衣能 呢喔累囉 口了西答
da ga chi bu reul ssu in neun no rae ro go reup ssi
da

我們選一首可以大家一起唱的歌吧。

. . . .

왜 노래를 안 부르세요?
為 呢喔累惹 安 鋪了誰呦
wae no rae reul an bu reu se yo

你為什麼不唱歌呢？

. . . .

노래 참 잘하세요.
呢喔累 參 差拉誰呦
no rae cham jal ha sse yo

你歌唱得真好。

電影

急用會話

어떤 영화를 가장 좋아하세요?
喔冬 庸花惹 卡髒 醜阿哈誰呦
eo tteon yeong hwa reul kka jang jo a ha se yo

你喜歡哪種電影？

. . . .

어디에 앉을래요?
喔滴耶 安遮累呦
eo di e an jeul lae yo

你要坐在哪裡？

. . . .

저는 복도 쪽의 자리를 원합니다.
醜能 鋪鬥 走耶 插里惹 我南你答
jeo neun bok tto jjo gui ja ri reul won ham ni da

我要靠走道的位置。

. . . .

가운데 자리로 주시겠어요?
卡溫爹 插里囉 租西給搜呦
ga un de ja ri ro ju si ge sseo yo

可以給我中間的位子嗎？

. . . .

매표소가 어디입니까?
眉匹呦搜嘎 喔滴影你嘎
mae pyo so ga eo di im ni kka

售票處在哪裡？

영화표 한 장에 얼마입니까?

庸花匹呦 憨 髒耶 喔兒媽影你嘎

yeong hwa pyo han jang e eol ma im ni kka

電影票一張多少錢？

. . . .

죄송하지만, 저와 자리를 바꿀 수 있습니까?

催松哈基慢 醜哇 炸里惹 怕估兒 蘇 衣森你嘎

joe song ha ji man jeo wa ja ri reul ppa kkul su it sseum ni kka

對不起，我可以跟你換座位嗎？

. . . .

이 영화를 본 적이 있어요.

衣 庸花惹 朋 走可衣 衣搜呦

i yeong hwa reul ppon jeo gi i sseo yo

我看過這部電影。

. . . .

이 영화는 김하늘 주연입니까?

衣 庸花能 可衣恩哈呢兒 珠庸您你嘎

i yeong hwa neun gim ha neul jju yeo nim ni kka

這部電影是由金荷娜主演的嗎？

. . . .

이것은 멜로 영화입니까?

衣狗奢 沒兒囉 庸花影你嘎

i geo seun mel lo yeong hwa im ni kka

這部電影是愛情片嗎？

우리 영화 보러 갑시다.
屋里 庸花 波囉 卡西答
u ri yeong hwa bo reo gap ssi da
我們一起去看電影吧。

- -

요즘 어떤 영화를 상영하고 있습니까?
呦贈 喔東 庸花惹 商庸哈溝 衣森你嘎
yo jeum eo tteon yeong hwa reul ssang yeong ha
go it sseum ni kka
最近在上映什麼電影?

- -

영화는 몇 시에 시작합니까?
庸花能 謬 西耶 西渣砍你嘎
yeong hwa neun myeot si e si ja kam ni kka
電影幾點開始?

- -

나와 함께 영화를 보러 가는 게 어때요?
那哇 憨給 庸花惹 波囉 卡能 給 喔爹呦
na wa ham kke yeong hwa reul ppo reo ga neun ge
eo ttae yo
和我一起去看電影,如何?

- -

안에서 핫도그를 먹을 수 있습니까?
安內搜 哈豆可惹 摸哥兒 蘇 衣森你嘎
a ne seo hat tto geu reul meo geul ssu it sseum ni
kka
裡面可以吃熱狗嗎?

상영 시간이 얼마나 되나요?

商庸 西乾你 喔兒媽那 腿那呦

sang yeong si ga ni eol ma na doe na yo

請問上映時間有多長？

. . . .

저는 한국 영화를 보겠습니다.

醜能 憨估 傭花惹 波給森你答

jeo neun han guk yeong hwa reul ppo get sseum ni da

我要看韓國片。

. . . .

어떤 장르의 영화를 좋아하세요?

喔東 長了耶 庸花惹 醜阿哈誰呦

eo tteon jang neu ui yeong hwa reul jjo a ha se yo

你喜歡什麼體裁的電影？

博物館

急用會話

박물관을 참관하려고 합니다.
旁目兒館呢兒 參觀那溜溝 憨你答
bang mul gwa neul cham gwan ha ryeo go ham ni
da

我想參觀博物館。

. . . .

국립고궁박물관에 가고 싶습니다.
苦立口坤滂目兒款內 卡溝 西森你答
gung nip kko gung bang mul gwa ne ga go sip
sseum ni da

我想去國立故宮博物館。

. . . .

박물관은 몇 시에 엽니까?
旁目兒館能 謬 西耶 永你嘎
bang mul gwa neun myeot si e yeom ni kka

博物館幾點開門？

. . . .

어디에서 입장권을 삽니까?
喔滴耶搜 依髒果呢兒 山你嘎
eo di e seo ip jjang gwo neul ssam ni kka

入場卷要在哪裡買？

. . . .

몇 시에 문을 닫습니까?
謬 西耶 目呢兒 它森你嘎

myeot si e mu neul ttat sseum ni kka

幾點關門？

. . . .

이 미술관은 몇 시에 개관합니까?

衣 咪蘇兒款能 謬 西耶 K款南你嘎

i mi sul gwa neun myeot si e gae gwan ham ni kka

這間美術館幾點開館？

. . . .

여기 작품에 만지지 마세요.

呦可衣 差鋪妹 蠻基基 媽誰呦

yeo gi jak pu me man ji ji ma se yo

請勿觸摸這裡的作品。

汗蒸幕

急用會話

여기 사우나가 있습니까?
呦可衣 沙烏那嘎 衣森你嘎
yeo gi sa u na ga it sseum ni kka

這裡有三溫暖嗎？

. . . .

등 좀 밀어 줄래요?
疼 綜 咪囉 租兒累呦
deung jom mi reo jul lae yo

可以幫我搓背嗎？

. . . .

여기는 여탕입니까?
呦可衣能 呦湯影你嘎
yeo gi neun yeo tang im ni kka

這裡是女池嗎？

. . . .

너무 뜨거워요.
呢喔目 的狗我呦
neo mu tteu geo wo yo

好燙喔！

. . . .

내 옷을 어디에 둬야 합니까?
內 喔奢 喔滴耶 妥呀 憨你嘎
nae o seul eo di e dwo ya ham ni kka

我的衣服要放在哪裡？

저 세면 용품을 안 가져 왔어요.

醜 誰謬恩 庸鋪悶兒 安 卡糾 挖搜呦

jeo se myeon yong pu meul an ga jeo wa sseo yo

我沒帶洗臉的用品。

. . . .

오늘 찜질방에서 구운 계란과 식혜를 먹
었어요.

喔呢 金基兒棒耶搜 苦溫 Ｋ郎瓜 西Ｋ惹 摸
狗搜呦

o neul jjim jil bang e seo gu un gye ran gwa si kye
reul meo geo sseo yo

今天在汗蒸幕裡吃了烤雞蛋和甜米釀。

. . . .

밤에 언니랑 찜질방을 다녀왔어요.

怕妹 翁你郎 金基兒棒兒 他妞哇搜呦

ba me eon ni rang jjim jil bang eul tta nyeo wa sseo
yo

晚上和姊姊一起去了汗蒸幕。

. . . .

어제 밤에 회사 주변의 찜질방에서 잤어
요.

喔賊 怕妹 灰沙 租匹呦內 金基兒棒耶搜
差搜呦

eo je ba me hoe sa ju byeo nui jjim jil bang e seo ja
sseo yo

昨天晚上我在公司附近的汗蒸幕睡覺。

같이 찜질방에 갈까요?

卡器 金基兒棒耶 卡兒嘎呦

ga chi jjim jil bang e gal kka yo

要不要一起去汗蒸幕？

. . . .

전 온천에 가고 싶어요.

寵 翁聰耶 卡溝 西波呦

jeon on cheo ne ga go si peo yo

我想去泡溫泉。

演唱會

急用會話

저는 귀빈석을 원합니다.
醜能 虧冰搜哥兒 我南你答
jeo neun gwi bin seo geul won ham ni da
我要貴賓席。

. . . .

표가 아직 있습니까?
匹呦嘎 阿寄 衣森你嘎
pyo ga a jik it sseum ni kka
還有票嗎？

. . . .

티켓 구입 예약은 가능합니까?
踢K 苦倚 耶押根 卡能憨你嘎
ti ket gu ip ye ya geun ga neung ham ni kka
可以預約訂票嗎？

. . . .

여기서 줄을 서서 입장합니까?
呦可衣搜 租惹 搜搜 衣髒憨你嘎
yeo gi seo ju reul sseo seo ip jjang ham ni kka
請問是從這裡排隊進場嗎？

. . . .

가장 싼 좌석은 얼마입니까?
卡髒 山 抓搜哥恩 喔兒媽影你嘎
ga jang ssan jwa seo geun eol ma im ni kka
最便宜的位子是多少錢？

빅뱅 콘서트에 가고 싶은데요.

遍北恩 空搜特耶 卡溝 西噴貼呦

bik ppaeng kon seo teu e ga go si peun de yo

我想去BIGBANG的演唱會。

. . . .

표 한 장에 얼마입니까?

匹呦 憨 髒耶 喔兒媽影你嘎

pyo han jang e eol ma im ni kka

一張票多少錢？

補充詞彙

공연
空庸
gong yeon
表演

....

입장권
衣髒果恩
ip jjang gwon
門票

....

무료
目溜
mu ryo
免費

....

티켓
梯K
ti ket
票

....

어른
喔冷恩
eo reun
大人

어린이
喔林衣
eo ri ni
兒童

· ·

악단
阿彈
ak ttan
樂團

· ·

합창단
哈參談
hap chang dan
合唱團

· ·

악대
阿貼
ak ttae
樂隊

· ·

전통무용
重通目庸
jeon tong mu yong
傳統舞蹈

· ·

민속무용
民蒐目庸

min song mu yong

民俗舞蹈

- - - - - - - - - - - - - - - - - - -

탈춤
它兒粗恩
tal chum

假面舞

- - - - - - - - - - - - - - - - - - -

가사
卡沙
ga sa

歌詞

- - - - - - - - - - - - - - - - - - -

옛날 곡
耶那兒 口
yen nal kkok

老歌

- - - - - - - - - - - - - - - - - - -

신곡
新 口
sin gok

新歌

- - - - - - - - - - - - - - - - - - -

영화관
庸花館
yeong hwa gwan

電影院

영화 제목
庸花 賊墨
yeong hwa je mok
片名

. . . .

주인공
租因公
ju in gong
主角

. . . .

배우
陪烏
bae u
演員

. . . .

연기
庸可衣
yeon gi
演技

. . . .

자막
炸罵
ja mak
字幕

第二章

在飯店內 호텔에서

旅遊篇
여행편

找飯店

急用會話

교통 편리한 호텔을 찾아 주십시오.

可呦通 匹呦恩里憨 齁貼惹 擦渣 租西不
休

gyo tong pyeol li han ho te reul cha ja ju sip ssi o

請幫我找一家交通便利的飯店。

롯데 호텔에 묵고 싶습니다.

漏貼 齁貼累 目溝 西森你答

rot tte ho te re muk kko sip sseum ni da

我想住樂天飯店。

빈 방이 있습니까?

貧 幫衣 衣森你嘎

bin bang i it sseum ni kka

有空房間嗎?

전통 한식 민박이 있습니까?

重通 憨系 民怕可衣 衣森你嘎

jeon tong han sik min ba gi it sseum ni kka

有傳統韓式民宿嗎?

오늘 밤 묵을 방을 구할 수 있습니까?

喔呢 盤恩 目哥兒 旁兒 估哈兒 蘇 衣森
你嘎

o neul ppam mu geul ppang eul kku hal ssu it
sseum ni kka

今天晚上有房間可以住嗎？

. . . .

싱글 룸은 얼마입니까?
新恩刻兒 路悶恩 喔兒媽影你嘎
sing geul lu meun eol ma im ni kka

請問單人房多少錢？

. . . .

트윈 룸을 원합니다.
特烏衣 路們兒 我南你答
teu win ru meul won ham ni da

我要雙人房。

. . . .

저는 그냥 보통 여관에 묵겠습니다.
醜能 可釀 波通 呦館內 目給森你答
jeo neun geu nyang bo tong yeo gwa ne muk kket
sseum ni da

我只要住普通的旅館。

. . . .

저는 방을 예약하지 않았습니다.
醜能 旁兒 耶押卡基 安那森你答
jeo neun bang eul ye ya ka ji a nat sseum ni da

我沒有訂房。

. . . .

좀 더 싼 방은 없습니까?
綜 投 山 旁恩 喔森你嘎

jom deo ssan bang eun eop sseum ni kka

沒有更便宜一點的房間嗎？

. . . .

일박에 얼마입니까?

衣兒怕給 喔兒媽影你嘎

il ba ge eol ma im ni kka

一個晚上多少錢？

. . . .

방을 예약하려고 합니다.

旁兒 耶押卡溜溝 憨你答

bang eul ye ya ka ryeo go ham ni da

我要預約房間。

. . . .

예약을 하셨습니까?

耶押哥兒 哈修森你嘎

ye ya geul ha syeot sseum ni kka

您有預約嗎？

. . . .

경관이 좋은 방이 좋겠습니다.

可呦恩款你 醜恩 旁衣 醜給森你答

gyeong gwa ni jo eun bang i jo ket sseum ni da

我希望是景觀不錯的房間。

. . . .

1인용 침대 둘 있는 방으로 예약을 하고
싶습니다.

衣林庸 親貼 兔兒 衣能 旁呢囉 耶押哥兒
哈溝 西森你答

i ri nyong chim dae dul in neun bang eu ro ye ya
geul ha go sip sseum ni da

我想預約有兩個單人床的房間。

．．．．．．．．．．．．．．．．．．．．．．．．

예약을 취소하고 싶습니다.
耶押哥兒　催搜哈溝　西森你答
ye ya geul chwi so ha go sip sseum ni da

我想取消訂房。

登記入住

急用會話

체크인 부탁합니다.

疵耶可銀 鋪它砍你答

che keu in bu ta kam ni da

我要辦理入住手續。

. . . .

객실 하나 예약을 했는데, 제 이름은 진백
림입니다.

K西兒 哈那 耶呀哥 黑能貼 賊 衣了悶 妻
恩配里敏你答

gaek ssil ha na ye ya geul haen neun de je i reu

meun jin baeng ni mim ni da

我訂了一間房間，我的名字是陳柏霖。

. . . .

임윤아라는 이름으로 싱글 룸 하나를 예
약했습니다.

衣悶U那拉能 衣了悶囉 新科兒 路恩 哈那
耶呀K森你答

i myu na ra neun i reu meu ro sing geul rum ha na

reul ye ya kaet sseum ni da

我用林允兒的名字，訂了一間單人房。

. . . .

이 방으로 하겠습니다.

衣 旁呢囉 哈給森你答

i bang eu ro ha get sseum ni da

我要這間房間。

방을 볼 수 있습니까?
旁兒 波兒 蘇 衣森你嘎
bang eul ppol su it sseum ni kka

可以看房間嗎？

좀 더 좋은 방은 없습니까?
綜 頭 醜恩 旁恩 喔森你嘎
jom deo jo eun bang eun eop sseum ni kka

沒有更好一點的房間嗎？

여행단 이름으로 예약했습니다.
呦黑恩談 衣冷悶囉 耶押K森你答
yeo haeng dan i reu meu ro ye ya kaet sseum ni da

我用旅行團的名字訂房的。

저는 몇 호실에 묵습니까?
醜能 謬 夠西累 目森你嘎
jeo neun myeot ho si re muk sseum ni kka

我住在幾號房？

여기 열쇠 있습니다. 방은 110호입니다.
呦可衣 呦兒雖 衣森你答 旁恩 陪西波影
你答
yeo gi yeol soe it sseum ni da bang eun baek ssi po
im ni da

這是您的鑰匙，房間是110號房。

. . . .

엘리베이터가 어디 있습니까?

耶兒里背衣頭嘎 喔滴 衣森你嘎

el li be i teo ga eo di it sseum ni kka

電梯在哪裡？

. . . .

팔층에 가려고 합니다.

怕兒層耶 卡溜溝 憨你答

pal cheung e ga ryeo go ham ni da

我要到八樓。

要求事項

急用會話

짐을 방까지 옮겨 주시겠습니까?
基悶兒 旁嘎基 翁可呦 租西給森你嘎
ji meul ppang kka ji om gyeo ju si get sseum ni kka

可以幫我把行李搬到房間嗎？

．．．．．．．．．．．．．．．．．．．．．．．．．．．．

방까지 길을 안내해 주세요.
旁嘎基 可衣惹 安內黑 租誰呦
bang kka ji gi reul an nae hae ju se yo

請帶我到房間去。

．．．．．．．．．．．．．．．．．．．．．．．．．．．．

어디서 컴퓨터를 쓸 수 있습니까?
喔滴搜 孔波U頭惹 思兒 蘇 衣森你嘎
eo di seo keom pyu teo reul sseul ssu it sseum ni
kka

哪裡可以使用電腦？

．．．．．．．．．．．．．．．．．．．．．．．．．．．．

제 방의 에어컨이 고장났습니다.
賊 旁耶 耶喔孔你 口髒那森你答
je bang ui e eo keo ni go jang nat sseum ni da

我房間的空調壞掉了。

．．．．．．．．．．．．．．．．．．．．．．．．．．．．

호텔 내의 바는 어디에 있습니까?
齁貼兒 內耶 霸能 喔滴耶 衣森你嘎
ho tel nae ui ba neun eo di e it sseum ni kka

請問飯店內的酒吧在哪裡？

. . . .

팩스는 있습니까?
配思能 衣森你嘎
paek sseu neun it sseum ni kka

有傳真機嗎？

. . . .

귀중품을 보관하고 싶습니다.
虧尊鋪悶兒 波關那溝 西森你答
gwi jung pu meul ppo gwan ha go sip sseum ni da

我想寄放貴重物品。

客房服務

急用會話

룸 서비스입니다. 무엇을 도와 드릴까요?
路恩 搜逼思影你答 目喔奢 頭挖 特里兒
嘎呦
rum seo bi seu im ni da mu eo seul tto wa deu ril
kka yo

這裡是客房服務，能幫您什麼忙？

· ·

110호실인데요. 이불 하나 더 주시겠어
요?
配西波西嶺貼呦 衣鋪兒 哈那 投 租西給
搜呦
baek ssi po si rin de yo i bul ha na deo ju si ge sseo
yo

**這裡是110號房，可以再給我一件棉被
嗎？**

· ·

제 정장을 세탁하려고 합니다.
賊 寵髒兒 誰他卡溜溝 憨你答
je jeong jang eul sse ta ka ryeo go ham ni da

我的套裝要送洗。

· ·

모닝콜을 부탁합니다.
摸您口惹 鋪它砍你答
mo ning ko reul ppu ta kam ni da

我想要個叫醒服務。

내일 아침 8시반에 깨워 주세요.
内衣兒 阿沁 呦豆西盤内 給我 租誰呦
nae il a chim yeo deop ssi ba ne kkae wo ju se yo

明天早上八點半，請叫我起床。

대만으로 전화를 하고 싶은데요.
貼蠻呢囉 重花惹 哈溝 西噴貼呦
dae ma neu ro jeon hwa reul ha go si peun de yo

我想打電話到台灣。

소주 두 병을 방으로 보내 주시기 바랍니
다.
搜租 吐 匹呦恩兒 旁兒囉 波内 租西可衣
怕狼你答
so ju du byeong eul ppang eu ro bo nae ju si gi ba
ram ni da

請幫我送兩瓶燒酒到房間。

제 물건을 하루만 여기에 맡겨도 되겠습
니까?
賊 目兒拱呢兒 哈嚕蠻 呦可衣耶 媽可呦
豆 腿給森你嘎
je mul geo neul ha ru man yeo gi e mat kkyeo do
doe get sseum ni kka

我的東西可以寄放在這裡一天嗎？

중국어를 할 줄 아는 분이 있습니까?

尊估狗惹 哈兒 租兒 阿能 鋪你 衣森你嘎

jung gu geo reul hal jjul a neun bu ni it sseum ni kka

這裡有會講中文的人嗎？

. . . .

들어오세요.

特囉喔誰呦

deu reo o se yo

請進。

. . . .

이건 팁입니다.

衣拱 梯餅你答

i geon ti bim ni da

這是小費。

不滿事項

急用會話

제가 시킨 야식이 아직 나오지 않았습니다.

賊嘎 西可衣恩 呀西可衣 阿寄 那喔基 安 那森你答

je ga si kin ya si gi a jik na o ji a nat sseum ni da

我點的消夜，到現在都還沒送來。

. . . .

제 옷이 세탁 후에 줄어 들었습니다.

賊 喔西 誰他 呼耶 租囉 特囉森你答

je o si se tak hu e ju reo deu reot sseum ni da

我的衣服送洗後縮水了。

. . . .

제 방이 아직 청소가 안 되었습니다.

賊 旁衣 阿寄 蕙恩搜嘎 安 腿喔森你答

je bang i a jik cheong so ga an doe eot sseum ni da

我的房間還沒打掃。

. . . .

여기는 110호입니다. 샤워기에 문제가 생겼습니다.

呦可衣能 陪西波影你答 蝦我可衣耶 目恩 賊嘎 先可呦森你答

yeo gi neun baek ssi po im ni da sya wo gi e mun je ga saeng gyeot sseum ni da

這裡是110號房，淋浴器有問題。

뜨거운 물이 나오지 않습니다.
的狗溫 目里 那喔基 安森你答
tteu geo un mu ri na o ji an sseum ni da

沒有熱水。

변기가 막힌 것 같습니다.
匹呦恩可衣嘎 罵可衣恩 狗 卡森你答
byeon gi ga ma kin geot gat sseum ni da

馬桶好像阻塞了。

지금 당장 오셔서 고쳐 주시겠습니까?
七跟 糖髒 喔修搜 口秋 租西給森你嘎
ji geum dang jang o syeo seo go cheo ju si get
sseum ni kka

可以現在馬上過來修理嗎?

방 전등이 너무 어둡습니다.
旁 寵登衣 呢喔目 喔吐森你答
bang jeon deung i neo mu eo dup sseum ni da

房間電燈太暗了。

제가 시킨 것은 우롱차예요. 커피가 아닙
니다.
賊嘎 西可衣恩 狗神 烏龍擦耶呦 口匹嘎
阿您你答
je ga si kin geo seun u rong cha ye yo keo pi ga a
nim ni da

我點的是烏龍茶，不是咖啡。

- -

화장실 안에 휴지가 없습니다.
花髒西兒 阿內 呵U基嘎 喔森你答
hwa jang sil a ne hyu ji ga eop sseum ni da

廁所裡沒有衛生紙。

- -

제 노트북이 없어졌습니다.
賊 呢喔特部可衣 喔部搜九森你答
je no teu bu gi eop sseo jeot sseum ni da

我的筆記型電腦不見了。

退房

急用會話

체크아웃을 하고 싶은데요.
疵耶可阿烏奢 哈溝 西噴貼呦
che keu a u seul ha go si peun de yo

我想退房。

- - - - - - - - - - - - - - - - - - - -

객실 전화를 안 했습니다.
K西兒 重花惹 安 黑森你答
gaek ssil jeon hwa reul an haet sseum ni da

我沒打房間的電話。

- - - - - - - - - - - - - - - - - - - -

와인을 시키지 않았습니다.
哇衣呢兒 西可衣基 安那森你答
wa i neul ssi ki ji a nat sseum ni da

我沒有點葡萄酒。

- - - - - - - - - - - - - - - - - - - -

체크아웃 시간은 몇 시입니까?
疵耶可阿烏 西乾能 謬 西影你嘎
che keu a ut si ga neun myeot si im ni kka

退房的時間是幾點？

- - - - - - - - - - - - - - - - - - - -

제 짐을 로비로 내려줄 수 있습니까?
賊 基悶兒 囉逼囉 內溜租兒 蘇 衣森你嘎
je ji meul ro bi ro nae ryeo jul su it sseum ni kka

可以幫我把行李搬下來大廳嗎？

저의 우편물이 있습니까?
醜耶 屋匹呦恩目里 衣森你嘎
jeo ui u pyeon mu ri it sseum ni kka

有我的郵件嗎？

. . . .

숙박비 전부 얼마입니까?
速怕逼 重不 喔兒媽影你嘎
suk ppak ppi jeon bu eol ma im ni kka

住宿費總共是多少錢？

. . . .

계산서를 다시 한 번 확인해 주세요.
K山搜惹 他西 憨 崩 花可銀黑 租誰呦
gye san seo reul tta si han beon hwa gin hae ju se
yo

請你再確認一次帳單。

. . . .

하루 일찍 떠나고 싶은데요.
哈嚕 衣兒記 兜那溝 西噴貼呦
ha ru il jjik tteo na go si peun de yo

我想早一天離開。

. . . .

이것은 무슨 요금입니까?
衣狗奢 目深 呦跟敏你嘎
i geo seun mu seun yo geu mim ni kka

這是什麼費用？

. . . .

여행자 수표도 됩니까?

呦黑恩炸 蘇匹呦豆 腿你嘎
yeo haeng ja su pyo do doem ni kka

也可以使用旅行支票嗎？

* *

죄송합니다. 제 물건을 방에 두고 나왔습
니다.

崔松憨你答 賊 目兒拱呢兒 旁耶 土溝 那
哇森你答

joe song ham ni da je mul geo neul ppang e du go
na wat sseum ni da

對不起，我有東西忘在房間裡了。

補充詞彙

침대
親貼
chim dae

床

. . . .

싱글 베드
新可兒 貝特
sing geul ppe deu

單人床

. . . .

더블 베드
頭波兒 貝特
deo beul ppe deu

雙人床

. . . .

침대 시트
親貼 西特
chim dae si teu

床單

. . . .

이불
衣鋪兒
i bul

棉被

베개
賠給
be gae
枕頭

. . . .

옷걸이
喔狗里
ot kkeo ri
衣架

. . . .

화장대
花髒貼
hwa jang dae
梳妝台

. . . .

텔레비전
貼兒類逼總
tel le bi jeon
電視

. . . .

전화기
重花可衣
jeon hwa gi
電話

빨리 잘 있습니
실례지만, 성함이 어
저는 한국 문화를 좋
만나게 되어 반갑습니

한국요리를 좋아해요, 일본

第二章

在美食街 식당가에서

臨時急用

旅遊篇
여행편

성함이 좋아합니다
한국 문화를 좋아합니다
가습니다.

找餐廳

急用會話

맛있는 삼계탕 집을 소개해 주세요.

媽西能 山K湯 基波兒 搜給黑 租誰呦

ma sin neun sam gye tang ji beul sso gae hae ju se yo

請介紹好吃的蔘雞湯店給我。

. . . .

이 근처에 유명한 한국 음식점이 있습니까?

衣 肯抽耶 U謬恩憨 憨估 恩細走咪 衣森你嘎

i geun cheo e yu myeong han han guk eum sik jjeo mi it sseum ni kka

這附近有知名的韓國料理店嗎？

. . . .

민지 씨, 무엇을 먹고 싶습니까?

民基 係 目喔奢 摸溝 西森你嘎

min ji ssi mu eo seul meok kko sip sseum ni kka

旼志，你想吃什麼？

. . . .

저는 김치찌개를 먹고 싶습니다.

醜能 可衣恩七積給惹 摸溝 西森你答

jeo neun gim chi jji gae reul meok kko sip sseum ni da

我想吃泡菜鍋。

이 음식점 어떻습니까?

衣 恩西總 喔豆森你嘎

i eum sik jjeom eo tteo sseum ni kka

這家餐館你覺得怎麼樣？

. . . .

이 식당은 어디에 있습니까?

衣 西唐恩 喔滴耶 衣森你嘎

i sik ttang eun eo di e it sseum ni kka

這家餐館在哪裡？

. . . .

그 레스토랑에 가기 전에 미리 예약을 해
야 합니까?

可 累思頭狼耶 卡可衣 走內 咪里 耶呀哥
兒 黑呀 憨你嘎

geu re seu to rang e ga gi jeo ne mi ri ye ya geul

hae ya ham ni kka

去那家餐廳前，要先訂位嗎？

. . . .

그 레스토랑의 전화 번호를 알려 주십시
오.

可 累思頭狼耶 重花 朋齁惹 阿兒溜 租西
不休

geu re seu to rang ui jeon hwa beon ho reul al lyeo

ju sip ssi o

請告訴我那家餐廳的電話號碼。

. . . .

안녕하세요. 자리 예약을 하려 합니다.

安妞哈誰呦 炸里 耶呀哥兒 哈溜 憨你答

an nyeong ha se yo ja ri ye ya geul ha ryeo ham ni da

您好，我要訂位。

. . . .

내일 점심 네 명의 자리를 예약하고 싶습니다.

內衣兒 寵新 內 謬恩耶 差里惹 耶呀卡溝 西森你答

nae il jeom sim ne myeong ui ja ri reul ye ya ka go sip sseum ni da

我要訂明天中午四個人的座位。

. . . .

이 식당은 싸고 맛있기로 유명해요.

衣 係躺恩 沙溝 媽西可依囉 U謬恩黑呦

i sik ttang eun ssa go ma sit kki ro yu myeong hae yo

這家餐館便宜又好吃，所以很有名。

. . . .

좋은 음식점을 추천해 주세요.

醜恩 恩係走悶兒 粗聰黑 租誰呦

jo eun eum sik jjeo meul chu cheon hae ju se yo

請推薦不錯的餐館。

. . . .

한국요리를 좋아해요, 일본요리를 좋아해요?

憨估呦里惹 醜阿黑呦 衣兒崩呦里惹 醜阿

黑呦
han gu gyo ri reul jjo a hae yo il bo nyo ri reul jjo a
hae yo

你喜歡韓國料理？還是喜歡日本料理？

- -

어떤 요리를 좋아하세요?
喔東 呦里惹 醜啊哈誰呦
eo tteon yo ri reul jjo a ha se yo

你喜歡吃什麼料理？

- -

이 부근에는 식당이 없어요.
衣 鋪可內能 係當衣 喔不搜呦
i bu geu ne neun sik ttang i eop sseo yo

這附近沒有餐館。

- -

이 곳 사람들이 많이 가는 식당은 있습니
까?
衣 口 沙郎的裡 馬你 卡能 係當恩 衣森
你嘎
i got sa ram deu ri ma ni ga neun sik ttang eun it
sseum ni kka

有沒有這裡的人常去的餐館？

評價美食

急用會話

맛이 어떻습니까?
媽西　喔豆森你嘎
ma si eo tteo sseum ni kka
味道怎麼樣？

. . . .

아주 맛있는데요.
阿租　媽西能貼呦
a ju ma sin neun de yo
非常好吃。

. . . .

매워요.
沒我呦
mae wo yo
很辣。

. . . .

짜요.
渣呦
jja yo
很鹹。

. . . .

써요.
搜呦
sseo yo
很苦。

신선해요.
新松黑呦
sin seon hae yo
很新鮮。

. . . .

신선하지 않아요.
新松哈積 安那呦
sin seon ha ji a na yo
不新鮮。

. . . .

너무 달아요.
呢喔目 它拉呦
neo mu da ra yo
太甜了。

. . . .

정말 맛있네요.
寵媽兒 媽西內呦
jeong mal ma sin ne yo
真的很好吃耶！

. . . .

맵지만 맛있어요.
妹基慢 媽西搜呦
maep jji man ma si sseo yo
雖然辣但很好吃。

結帳

急用會話

계산서 부탁합니다.
K山搜 鋪它砍你答
gye san seo bu ta kam ni da
請給我帳單。

....

카운터가 어디입니까?
卡溫頭嘎 喔滴影你嘎
ka un teo ga eo di im ni kka
櫃台在哪裡？

....

이건 무슨 요금이에요?
衣拱 目身 呦可咪耶呦
i geon mu seun yo geu mi e yo
這是什麼費用？

....

이건 주문 안 했는데요.
衣拱 租目恩 安 黑能貼呦
i geon ju mun an haen neun de yo
我沒點這個啊！

....

카드로 지불할게요.
卡特囉 基鋪拉兒給呦
ka deu ro ji bul hal kke yo
我要用信用卡付款。

계산이 틀린 것 같은데요.

K沙你 特林 狗 卡騰貼呦

gye sa ni teul lin geot ga teun de yo

帳單好像有誤。

. . . .

거스름 돈을 잘못 주셨습니다.

口思冷 同呢兒 差兒末 租休森你答

geo seu reum do neul jjal mot ju syeot sseum ni da

您找錯錢了。

. . . .

할인 후 얼마입니까?

哈林 乎 喔兒媽影你嘎

ha rin hu eol ma im ni kka

打折後多少錢?

. . . .

신용카드 받습니까?

心庸卡特 怕森你嘎

si nyong ka deu bat sseum ni kka

可以刷信用卡嗎?

. . . .

다 못 먹었으니까 포장해 주세요.

它 摸 摸狗思你嘎 波髒黑 租誰呦

da mot meo geo sseu ni kka po jang hae ju se yo

我吃不完,請幫我包起來。

小吃攤

急用會話

떡볶이 하나 주세요.
豆波可衣 哈那 租誰呦
tteok ppo kki ha na ju se yo
請給我一份辣炒年糕。

....

유부 2개 주세요.
U鋪 吐給 租誰呦
yu bu du gae ju se yo
請給我兩個油豆腐。

....

아주머님, 여기 우동 한 그릇 주세요.
阿租摸您 呦可衣 烏東 憨 可了 租誰呦
a ju meo nim yeo gi u dong han geu reut ju se yo
阿姨，請給我一碗烏龍麵。

....

싸 가져가려고 합니다.
沙 卡糾卡溜溝 憨你答
ssa ga jeo ga ryeo go ham ni da
我要帶走。

....

여기서 먹겠습니다.
呦可衣搜 摸給森你答
yeo gi seo meok kket sseum ni da
我要在這裡吃。

오뎅 하나하고 떡볶이 일인분 주세요.

喔電恩 哈那哈溝 豆波個衣 衣林鋪恩 租誰呦

o deng ha na ha go tteok ppo kki i rin bun ju se yo

請給我一個黑輪和一人份的辣炒年糕。

. . . .

여기 파전 있습니까?

呦可衣 怕總 衣森你嘎

yeo gi pa jeon it sseum ni kka

這裡有沒有賣煎蔥餅？

. . . .

아저씨, 순대 일인분 주세요.

阿走系 孫鐵 衣林鋪恩 租誰呦

a jeo ssi sun dae i rin bun ju se yo

大叔，給我一人份的糯米腸。

. . . .

이것을 먹겠습니다.

衣狗奢 摸給森你答

i geo seul meok kket sseum ni da

我要吃這個。

. . . .

국물을 많이 주십시오.

苦目惹 馬你 租西不休

gung mu reul ma ni ju sip ssi o

湯請給我多一點。

. . . .

아주머님, 이거 좀 데워 주세요.

阿租摸您 衣狗 綜 貼我 租誰呦
a ju meo nim i geo jom de wo ju se yo

阿姨，這個幫我熱一下。

. . . .

계란빵 한 개에 얼마예요?
K郎棒恩 憨 給耶 喔兒媽耶呦
gye ran ppang han gae e eol ma ye yo

（韓式）雞蛋糕一個多少錢？

速食餐飲店

急用會話

1번 세트로 주세요.
衣兒崩 誰特囉 租誰呦
il beon se teu ro ju se yo

請給我一號餐。

콜라 큰 컵 한 잔 주세요.
口兒拉 坑 狗 憨 髒 租誰呦
kol la keun keop han jan ju se yo

請給我一杯大杯的可樂。

토마토 케첩 좀 주세요.
偷媽偷 K醜 綜 租誰呦
to ma to ke cheop jom ju se yo

請給我一點蕃茄醬。

후렌치 후라이 큰 거 하나 주세요.
平累七 平拉衣 坑 狗 哈那 租誰呦
hu ren chi hu ra i keun geo ha na ju se yo

請給我一包大的薯條。

아이스 아메리카노 한 잔 주세요.
阿衣思 阿妹里卡呢喔 憨 髒 租誰呦
a i seu a me ri ka no han jan ju se yo

請給我一杯冰的美式咖啡。

韓式餐館

急用會話

불고기 비빔밥으로 주세요.
鋪兒狗可衣 匹兵怕剝囉 租誰呦
bul go gi bi bim ba beu ro ju se yo

請給我烤肉拌飯。

- - - - - - - - - - - - - - - - - - - -

삼계탕을 먹겠습니다.
商K糖兒 摸給森你答
sam gye tang eul meok kket sseum ni da

我要吃蔘雞湯。

- - - - - - - - - - - - - - - - - - - -

한국 요리를 먹어 본 적이 있습니까?
憨估 呦里惹 摸狗 朋 走可衣 衣森你嘎
han guk yo ri reul meo geo bon jeo gi it sseum ni
kka

你吃過韓國料理嗎？

- - - - - - - - - - - - - - - - - - - -

한국 요리를 먹고 싶은데 추천 좀 해 주세
요.
憨估 呦里惹 摸溝 西噴貼 粗聰 綜 黑 租
誰呦
han guk yo ri reul meok kko si peun de chu cheon
jom hae ju se yo

我想吃韓國料理，請推薦一下。

咖啡廳

急用會話

음료수는 무엇을 드릴까요?
恩溜酥能 目喔奢 特里兒嘎呦
eum nyo su neun mu eo seul tteu ril kka yo

您要什麼飲料？

. . . .

카푸치노 한 잔 주세요.
卡鋪七呢喔 憨 髒 租誰呦
ka pu chi no han jan ju se yo

請給我一杯卡布奇諾。

. . . .

카페라테 한 잔 얼마입니까?
卡配那貼 憨 髒 喔兒媽影你嘎
ka pe ra te han jan eol ma im ni kka

咖啡拿鐵一杯多少錢？

. . . .

어떤 컵 사이즈로 드려요?
喔東 口 沙衣資囉 特溜呦
eo tteon keop sa i jeu ro deu ryeo yo

您要大杯、中杯、小杯？

. . . .

따뜻한 커피인가요, 냉 커피인가요?
答的貪 口匹銀嘎呦 雷 口匹銀嘎呦
tta tteu tan keo pi in ga yo naeng keo pi in ga yo

您要熱的咖啡，還是冰的咖啡？

커피 위에 휘핑크림 괜찮으세요?
口匹 圍耶 揮拼可領 葵餐呢誰呦
keo pi wi e hwi ping keu rim gwaen cha neu se yo
咖啡上幫您加奶油可以嗎？

....

머그잔에 드려요, 일회용 컵에 드려요?
摸可長耶 特溜呦 衣瑞庸 口配 特溜呦
meo geu ja ne deu ryeo yo il hoe yong keo be deu
ryeo yo
要用馬克杯裝給您，還是用免洗杯裝給您呢？

....

아이스커피 큰 컵 한 잔 주세요.
阿衣思口匹 坑 口 憨 髒 租誰呦
a i seu keo pi keun keop han jan ju se yo
給我一杯大杯的冰咖啡。

....

홍차로 주세요.
轟擦囉 租誰呦
hong cha ro ju se yo
請給我紅茶。

....

딸기 케이크로 주세요.
答兒可衣 K衣可囉 租誰呦
ttal kki ke i keu ro ju se yo
請給我草莓蛋糕。

커피 안에 설탕을 넣지 마세요.

口匹 安內 搜兒湯兒 呢喔基 媽誰呦

keo pi a ne seol tang eul neo chi ma se yo

咖啡裡不要加糖。

* *

얼음은 빼고 주세요.

喔冷悶恩 杯溝 租誰呦

eo reu meun ppae go ju se yo

請幫我去冰。

酒吧

急用會話

술은 드세요?
蘇冷 特誰呦
su reun deu se yo

你喝酒嗎？

....

어떤 술을 좋아하세요?
喔東 酥惹 醜阿哈誰呦
eo tteon su reul jjo a ha se yo

你喜歡喝什麼酒？

....

자, 모두들 건배합시다.
炸 摸度的兒 孔杯哈西答
ja mo du deul kkeon bae hap ssi da

來，大家一起乾杯。

....

건배!
孔杯
geon bae

乾杯！

....

원샷! 원샷!
窩恩蝦 我恩蝦
won syat won syat

一口氣喝光吧！

맥주 두 잔 주세요.
妹租 土 髒 租誰呦
maek jju du jan ju se yo

請給我兩杯啤酒。

. . . .

소주 한 병 더 주세요.
搜租 憨 匹呦恩 租誰呦
so ju han byeong deo ju se yo

請再給我一瓶燒酒。

. . . .

술 메뉴 좀 볼 수 있을까요?
酥兒 妹呢U 綜 波兒 蘇 衣奢嘎呦
sul me nyu jom bol su i sseul kka yo

我可以看酒單嗎？

. . . .

얼음 좀 주세요.
喔冷恩 綜 租誰呦
eo reum jom ju se yo

請給我冰塊。

. . . .

칵테일 있습니까?
卡貼衣兒 衣森你嘎
kak te il it sseum ni kka

有雞尾酒嗎？

. . . .

토할 것 같아요.
偷哈兒 狗 卡它呦

to hal kkeot ga ta yo
好像要吐了。

- -

술을 대접하고 싶습니다.
酥惹 貼走怕溝 西森你答
su reul ttae jeo pa go sip sseum ni da
我想請你喝酒。

- -

저는 술을 별로 못합니다.
醜能 酥惹 匹呦兒囉 摸貪你答
jeo neun su reul ppyeol lo mo tam ni da
我不太會喝酒。

- -

맥주와 안주를 주세요.
妹租挖 安租惹 租誰呦
maek jju wa an ju reul jju se yo
給我啤酒和下酒菜。

- -

벌써 술을 끊었습니다.
波兒搜 酥惹 根呢喔森你答
beol sseo su reul kkeu neot sseum ni da
我已經戒酒了。

- -

뭐 마실래요? 막걸리는 어때요?
摸 媽西兒累呦 媽狗兒里能 喔貼呦
mwo ma sil lae yo mak kkeol li neun eo ttae yo
你要喝什麼？米酒怎麼樣？

다른 곳으로 가서 더 마실까요?

它冷 狗思囉 卡搜 頭 媽西兒嘎呦

da reun go seu ro ga seo deo ma sil kka yo

要不要再去其他地方喝？

. . . .

술은 어떤 게 있습니까?

酥冷 喔東 給 衣森你嘎

su reun eo tteon ge it sseum ni kka

有哪些酒？

請客

急用會話

제가 내겠습니다.
賊嘎 內給森你答
je ga nae get sseum ni da

這餐我請客。

. . . .

오늘은 제가 살게요.
喔呢冷 賊嘎 沙兒給呦
o neu reun je ga sal kke yo

今天我請客。

. . . .

제가 초대하겠습니다.
賊嘎 抽貼哈給森你答
je ga cho dae ha get sseum ni da

這餐我招待你。

. . . .

각자 냅시다.
卡炸 內西答
gak jja naep ssi da

我們各付各的。

. . . .

나누어 계산해 주십시오.
那努喔 K沙內 租西不休
na nu eo gye san hae ju sip ssi o

我們要分開算。

오늘은 내가 쏜다!
喔呢冷 內嘎 松答
o neu reun nae ga sson da

今天我請客。（非敬語表現）

. . . .

이것은 제가 내겠습니다.
衣狗奢 賊嘎 內給森你答
i geo seun je ga nae get sseum ni da

這個我來付。

. . . .

아까 계산했어요.
阿嘎 K商黑搜呦
a kka gye san hae sseo yo

我剛才付錢了。

. . . .

따로따로 계산해 주세요.
答囉答囉 K商內 租誰呦
tta ro tta ro gye san hae ju se yo

請分開算。

. . . .

제가 낼 돈이 얼마죠?
賊嘎 內兒 同你 喔兒媽糾
je ga nael do ni eol ma jyo

我要付多少錢？

補充詞彙

녹차
呢喔擦
nok cha
綠茶

• •

홍차
轟擦
hong cha
紅茶

• •

자스민차
差思民擦
ja seu min cha
茉莉花茶

• •

국화차
苦誇擦
gu kwa cha
菊花茶

• •

카페라테
卡胚拉貼
ka pe ra te
咖啡拿鐵

카푸치노
卡撲七呢喔
ka pu chi no

卡布其諾

햄버거
黑恩波狗
haem beo geo

漢堡

프렌치 프라이
波累七 波拉衣
peu ren chi peu ra i

薯條

핫도그
哈豆個
hat tto geu

熱狗

피자
匹炸
pi ja

披薩

치킨
七可衣恩

chi kin

炸雞

- -

딸기 쉐이크
答兒可衣 雖衣可
ttal kki swe i keu

草莓奶昔

- -

한정식
憨宗係
han jeong sik

韓定食

- -

돌솥비빔밥
頭兒搜匹冰爸
dol sot ppi bim bap

石鍋拌飯

- -

순두부 찌개
孫督鋪 基給
sun du bu jji gae

嫩豆腐鍋

- -

삼계탕
商K糖
sam gye tang

蔘雞湯

김치볶음밥
可衣恩七波跟爸
gim chi bo kkeum bap
泡菜炒飯

부대찌개
鋪貼積給
bu dae jji gae
部隊鍋

매운탕
梅溫糖
mae un tang
辣魚湯

갈비탕
卡兒逼糖
gal ppi tang
排骨湯

설렁탕
搜兒籠糖
seol leong tang
牛骨湯

해물탕
黑目兒糖

hae mul tang
辣海鮮湯

보쌈
波商恩
bo ssam
菜包白切肉

비빔냉면
匹拼內恩謬恩
bi bim naeng myeon
涼拌冷麵

맥주
妹租
maek jju
啤酒

소주
搜租
so ju
燒酒

와인
挖銀
wa in
紅酒

생맥주
先妹租
saeng maek jju
生啤酒

....

위스키
屋衣斯可衣
wi seu ki
威士忌

....

양주
羊租
yang ju
洋酒

....

샴페인
香恩配銀
syam pe in
香檳

....

칵테일
卡貼衣兒
kak te il
雞尾酒

....

막걸리
罵狗兒里

mak kkeol li

米酒

. . . .

청주
蔥租
cheong ju

清酒

. . . .

인삼주
銀商租
in sam ju

人參酒

. . . .

보드카
波特卡
bo deu ka

伏特加

빨리 ᆯ 잘 있습니

실례지만, 성함이 어

저는 한국 문화를 좋

만나게 되어 반갑습니

한국요리를 좋아해요, 일본

第二章

在觀光地 관광지에서

臨時
急用

旅遊篇
여행편

성함이 어

한국 문화를 좋아합니

가습니다.

觀光中

急用會話

여기 풍경은 참 아름답습니다.
呦可衣 鋪恩可呦恩恩 餐 阿冷答森你答
yeo gi pung gyeong eun cham a reum dap sseum
ni da

這裡的風景真美！

. . . .

이 곳의 시야가 아주 좋습니다.
衣 口誰 西呀嘎 阿租 醜森你答
i go sui si ya ga a ju jo sseum ni da

這裡的視野真好。

. . . .

경치가 매우 장관입니다.
可呦恩妻嘎 妹烏 長觀影你答
gyeong chi ga mae u jang gwa nim ni da

風景很壯觀。

. . . .

케이블 카를 타겠습니다.
K衣波兒 卡惹 它給森你答
ke i beul ka reul ta get sseum ni da

我要搭纜車。

. . . .

이 거리의 이름이 무엇입니까?
衣 口里耶 衣冷咪 目喔新你嘎
i geo ri ui i reu mi mu eo sim ni kka

這個街道叫什麼名字?

이 활동은 관광객 참가가 가능합니까?
衣 花兒東恩 狂光K 參嘎嘎 卡能憨你嘎
i hwal dong eun gwan gwang gaek cham ga ga ga
neung ham ni kka

這個活動觀光客可以參加嗎?

저는 이 축제에 참가하고 싶습니다.
醜能 衣 促賊耶 餐嘎哈溝 西森你答
jeo neun i chuk jje e cham ga ha go sip sseum ni da

我想參加這個慶典。

저는 한국민속촌에 가고 싶습니다.
醜能 憨估民搜蔥內 卡溝 西森你答
jeo neun han gung min sok cho ne ga go sip sseum
ni da

我想去韓國民俗村。

우리 해수욕장에 갈까요?
屋里 黑酥又帳耶 卡兒嘎呦
u ri hae su yok jjang e gal kka yo

我們去海水浴場,好嗎?

거기서 수영할 수 있어요?
口可衣搜 酥庸哈兒 蘇 衣搜呦
geo gi seo su yeong hal ssu i sseo yo

那裡可以游泳嗎？

수족관에 가고 싶어요.
酥走館內 卡溝 西波呦
su jok kkwa ne ga go si peo yo

我想去水族館。

한국의 유명한 고적이 무엇입니까?
憨估給 U謬恩憨 口走可衣 目喔新你嘎
han gu gui yu myeong han go jeo gi mu eo sim ni
kka

韓國有名的古蹟是什麼？

거기에 유명한 명승고적이 있나요?
口可衣耶 U謬恩憨 謬恩森口走可衣 衣那
呦
geo gi e yu myeong han myeong seung go jeo gi in
na yo

那裡有知名的名勝古蹟嗎？

거기에 특산품은 무엇입니까?
口可衣耶 特山鋪悶 目喔新你嘎
geo gi e teuk ssan pu meun mu eo sim ni kka

那裡有什麼特產？

어디에 가면 무료로 한복을 입을 수 있습
니까?

喔滴耶 卡謬恩 目溜囉 憨波哥兒 衣波兒
蘇 衣森你嘎

eo di e ga myeon mu ryo ro han bo geul i beul ssu
it sseum ni kka

哪裡可以免費試穿韓服呢？

* * *

저것은 무슨 산입니까?

醜狗申 目深 沙您你嘎

jeo geo seun mu seun sa nim ni kka

那是什麼山？

* * *

실례합니다만, 매점은 어디에 있습니까?

西兒累憨你答慢 妹走悶恩 喔滴耶 衣森你
嘎

sil lye ham ni da man mae jeo meun eo di e it
sseum ni kka

不好意思，請問小賣部在哪裡？

照相

急用會話

실례합니다. 사진 좀 찍어 주시겠습니까?

西兒累憨你答 沙金 綜 基溝 租西給森你
嘎

sil lye ham ni da sa jin jom jji geo ju si get sseum ni
kka

不好意思，你可以幫我拍照嗎？

. . . .

안에서 비디오 촬영이 가능합니까?

阿內搜 匹滴喔 抓溜衣 卡能憨你嘎

a ne seo bi di o chwa ryeong i ga neung ham ni kka

裡面可以攝影嗎？

. . . .

우리 함께 사진 찍읍시다.

烏里 憨給 沙金 寄哥西答

u ri ham kke sa jin jji geup ssi da

我們一起拍張照片吧。

. . . .

여기서 사진을 찍어도 되나요?

呦可衣搜 沙基呢兒 基狗豆 腿那呦

yeo gi seo sa ji neul jji geo do doe na yo

這裡可以拍照嗎？

. . . .

함께 찍으시겠습니까?

憨給 基哥西給森你嘎

ham kke jji geu si get sseum ni kka
要一起照相嗎？

- -

자, 웃으세요.
炸 屋思誰呦
ja u seu se yo
來，笑一個。

- -

찍습니다. 하나, 둘, 셋.
寄森你答 哈那 吐兒 誰
jjik sseum ni da ha na dul set
我要照囉，一二三。

- -

사진 한 장 더 찍어 주시겠어요?
沙金 憨 髒 頭 基溝 租西給蒐呦
sa jin han jang deo jji geo ju si ge sseo yo
你可以再幫我照一張嗎？

- -

플래시를 사용해도 되나요?
波兒累西惹 沙庸黑豆 腿那呦
peul lae si reul ssa yong hae do doe na yo
可以使用閃光燈嗎？

遊樂園

急用會話

우리 놀이동산 가서 놉시다.
烏里 呢喔里同山 卡搜 呢喔西答
u ri no ri dong san ga seo nop ssi da
我們去遊樂園玩吧。

. . . .

롯데월드에 가고 싶은데 길 좀 알려 주시
겠어요?
漏貼我兒的耶 卡溝 西噴貼 可衣兒 綜 阿
兒溜 租西給搜呦
rot tte wol deu e ga go si peun de gil jom al lyeo ju
si ge sseo yo
我想去樂天世界，可以告訴我怎麼去嗎？

. . . .

입장권은 몇 종류 있습니까?
衣髒果能 謬 重溜 衣森你嘎
ip jjang gwo neun myeot jong nyu it sseum ni kka
入場卷分為幾種呢？

. . . .

자유이용권은 얼마입니까?
炸U衣庸果能 喔兒媽影你嘎
ja yu i yong gwo neun eol ma im ni kka
自由使用卷多少錢？

. . . .

놀이기구 타는 것을 좋아하십니까?

呢里可衣估 它能 狗奢 醜阿哈新你嘎
no ri gi gu ta neun geo seul jjo a ha sim ni kka

你喜歡搭乘遊樂設施嗎？

. . . .

여기서 줄을 섭니까?
呦可衣搜 租惹 聳你嘎
yeo gi seo ju reul sseom ni kka

在這裡排隊嗎？

. . . .

어느 것부터 놀까요?
喔呢 狗鋪頭 呢喔兒嘎呦
eo neu geot ppu teo nol kka yo

從哪一個開始玩呢？

. . . .

저기 청룡열차가 있네요. 우리 저것을 탑
시다.
醜可衣 蔥恩溜恩呦兒擦嘎 衣內呦 烏里
醜狗奢 他西答
jeo gi cheong nyong yeol cha ga in ne yo u ri jeo
geo seul tap ssi da

那裡有雲霄飛車耶！我們玩那個吧。

. . . .

불꽃놀이는 몇 시부터 시작하나요?
鋪兒狗呢喔里能 謬 西鋪投 西渣卡那呦
bul kkon no ri neun myeot si bu teo si ja ka na yo

煙火是幾點開始？

저는 유람 버스를 타겠습니다.

醜能 U郎 波思惹 它給森你答

jeo neun yu ram beo seu reul ta get sseum ni da

我要搭觀光巴士。

햇빛이 너무 강해요. 우리 실내 수영장에 갈까요?

黑恩逼妻 呢喔目 扛黑呦 烏里 西兒內 酥 庸髒耶 卡兒嘎呦

haet ppi chi neo mu gang hae yo u ri sil lae su
yeong jang e gal kka yo

陽光太強了，我們去室內游泳池好嗎？

전 배짱이 없어서 회전목마밖에 못 탑니다.

重 陪葬衣 喔部搜搜 輝總摸媽怕給 摸 攤 你答

jeon bae jjang i eop sseo seo hoe jeon mong ma
ba kke mot tam ni da

我沒有膽量，只敢玩旋轉木馬。

저도 놀이동산 가서 바이킹 타고 싶습니다.

醜豆 呢喔里同山 卡搜 怕衣可衣恩 他溝 西森你答

jeo do no ri dong san ga seo ba i king ta go sip
sseum ni da

我也想去遊樂園玩海盜船。

오늘 특별한 공연이 있습니까?
喔呢 特匹呦郎 空呦你 衣森你嘎
neul teuk ppyeol han gong yeo ni it sseum ni kka

今天有特別活動嗎？

꽃차 공연은 이미 끝났습니까?
狗擦 空庸能 衣咪 跟那森你嘎
kkot cha gong yeo neun i mi kkeun nat sseum ni
kka

花車表演已經結束了嗎？

기념품 가게는 어디 있습니까?
可衣妞鋪恩 卡給能 喔滴 衣森你嘎
gi nyeom pum ga ge neun eo di it sseum ni kka

紀念品店在哪裡？

255

滑雪

急用會話

주말에 우리 스키장에 갈까요?
租媽累 烏里 思可衣髒耶 卡兒嘎呦
ju ma re u ri seu ki jang e gal kka yo

周末我們去滑雪場，好嗎？

. . . .

우리 가서 스키 탑시다.
烏里 卡搜 思可衣 它西答
u ri ga seo seu ki tap ssi da

我們去滑雪吧。

. . . .

서울 근처에 스키장이 있습니까?
搜烏兒 肯抽耶 思可衣髒衣 衣森你嘎
seo ul geun cheo e seu ki jang i it sseum ni kka

首爾附近有滑雪場嗎？

. . . .

저는 스키를 배우고 싶어요.
醜能 思可衣惹 陪烏溝 西波呦
jeo neun seu ki reul ppae u go si peo yo

我想學滑雪。

. . . .

스키를 타 본 적이 있나요?
思可衣惹 他 崩 走可衣 衣那呦
seu ki reul ta bon jeo gi in na yo

你滑過雪嗎？

실례합니다, 스키화들은 어디에 있나요?

西兒累憨你答 思可衣花的冷 喔滴耶 衣那呦

sil lye ham ni da seu ki hwa deu reun eo di e in na yo

不好意思，請問滑雪鞋在哪裡？

. . . .

스키 장비는 어디서 빌릴 수 있습니까?

思可衣 長逼能 喔滴搜 匹兒里兒 蘇 衣森你嘎

seu ki jang bi neun eo di seo bil lil su it sseum ni kka

滑雪裝備哪裡可以借得到？

. . . .

스키 강습을 신청하고 싶으면 어떻게 해야 하나요?

思可衣 扛思波兒 新蔥哈溝 西噴謬恩 喔豆K 黑呀 哈那呦

seu ki gang seu beul ssin cheong ha go si peu myeon eo tteo ke hae ya ha na yo

如果想申請滑雪課程，該怎麼做才好？

. . . .

얼마동안 빌릴 수 있습니까?

喔兒媽同安 匹兒里兒 蘇 衣森你嘎

eol ma dong an bil lil su it sseum ni kka

可以借多久？

이 곳은 매우 좋은 스키장이네요.

喔 狗神 美烏 醜恩 思可衣髒衣內呦

i go seun mae u jo eun seu ki jang i ne yo

這裡是很棒的滑雪場呢！

. . . .

저는 무릎을 다쳐서 스키장에 갈 수 없어
요.

醜能 目了波兒 他邱搜 思可衣髒耶 卡兒
蘇 喔部搜呦

jeo neun mu reu peul tta cheo seo seu ki jang e gal
ssu eop sseo yo

我膝蓋受傷了，不能去滑雪。

看體育比賽

急用會話

오늘 밤 체육관에서 농구 경기가 있습니다.

喔呢 棒恩 疵耶U款內搜 農估 可呦恩可衣嘎 衣森你答

o neul ppam che yuk kkwa ne seo nong gu gyeong gi ga it sseum ni da

今天晚上在體育館有籃球比賽。

. . . .

저는 야구 경기를 보고 싶습니다.

醜能 呀估 可呦恩可衣惹 波溝 西森你答

jeo neun ya gu gyeong gi reul ppo go sip sseum ni da

我想看棒球比賽。

. . . .

어느 팀을 응원하십니까?

喔呢 梯悶兒 恩我那新你嘎

eo neu ti meul eung won ha sim ni kka

你支持哪一隊？

. . . .

시합 결과는 어떻게 되었나요?

西哈 可呦兒瓜能 喔豆K 腿喔那呦

si hap gyeol gwa neun eo tteo ke doe eon na yo

比賽的結果如何？

어제 야구 경기는 매우 재미있었습니다.

喔賊 呀估 可呦恩可衣能 妹烏 賊咪衣搜 森你答

eo je ya gu gyeong gi neun mae u jae mi i sseot sseum ni da

昨天的棒球比賽很精彩。

. . . .

어떤 스포츠를 좋아하세요?

喔東 思波資惹 醜阿哈誰呦

eo tteon seu po cheu reul jjo a ha se yo

你喜歡什麼體育運動？

. . . .

한국과 미국의 다음 시합은 언제 있습니까?

憨估瓜 米骨給 他嗯 西哈笨 翁賊 衣森你嘎

han guk kkwa mi gu gui da eum si ha beun eon je it sseum ni kka

韓國和美國的下一場比賽是什麼時候？

. . . .

응원용 호루라기를 어디서 살 수 있습니까?

恩我恩庸 齁嚕啦可衣惹 喔滴搜 沙兒 蘇衣森你嘎

eung wo nyong ho ru ra gi reul eo di seo sal ssu it sseum ni kka

加油用的哨子哪裡可以買得到？

형광막대 하나를 사고 싶습니다.
喝呦恩光罵貼 哈那惹 沙溝 西森你答
hyeong gwang mak ttae ha na reul ssa go sip
sseum ni da

我想買一個螢光棒。

. . . .

어떤 팀이 이겼어요?
喔冬 梯咪 衣可呦搜呦
eo tteon ti mi i gyeo sseo yo

哪一隊贏了？

. . . .

경기는 무승부로 끝났습니다.
可呦恩可衣能 目森撲囉 跟那森你答
gyeong gi neun mu seung bu ro kkeun nat sseum
ni da

比賽以平手結束。

補充詞彙

경복궁
可呦恩布苦恩
gyeong bok kkung
景福宮

....

창덕궁
昌豆苦恩
chang deok kkung
昌德宮

....

서울타워
搜屋兒它我
seo ul ta wo
首爾塔

....

청계천
聰K蔥恩
cheong gye cheon
清溪川

....

청와대
聰挖貼
cheong wa dae
青瓦臺

롯데월드
漏貼我兒特
rot tte wol deu
樂天世界

에버랜드
耶波蕾特
e beo raen deu
愛寶樂園

설악산
搜拉山
seo rak ssan
雪嶽山

해운대 해수욕장
黑溫貼 黑蘇又漲
hae un dae hae su yok jjang
海雲臺海水浴場

석굴암
搜哭郎恩
seok kku ram
石窟庵

불국사
鋪兒估沙

bul guk ssa
佛國寺

- - - - - - - - - - - - - - - - - -

제주도
賊租斗
je ju do
濟州島

- - - - - - - - - - - - - - - - - -

사진
沙金
sa jin
照片

- - - - - - - - - - - - - - - - - -

앨범
耶兒崩
ael beom
相冊

- - - - - - - - - - - - - - - - - -

카메라
卡妹啦
ka me ra
相機

- - - - - - - - - - - - - - - - - -

셔터
修頭
syeo teo
快門

렌즈
類恩紫
ren jeu
鏡頭

· ·

삼각대
商卡鐵
sam gak ttae
三腳架

· ·

유원지
U我恩基
yu won ji
遊樂園

· ·

놀이 기구
呢喔里 可衣佔
no ri gi gu
遊樂設施

· ·

회전목마
輝宗末恩碼
hoe jeon mong ma
旋轉木馬

· ·

롤러코스터
樓兒囉扣思投

rol leo ko seu teo
雲霄飛車

- -

범퍼카
崩波卡
beom peo ka
碰碰車

- -

미로
咪囉
mi ro
迷宮

- -

선수
松蘇
seon su
選手

- -

코치
口七
ko chi
教練

- -

후보 선수
乎波　松蘇
hu bo seon su
候補選手

금메달
肯恩妹它兒
geum me dal

金牌

은메달
恩妹它兒
eun me dal

銀牌

동메달
同妹答兒
dong me dal

銅牌

이기다
衣可衣答
i gi da

贏

지다
基答
ji da

輸

비기다
匹可衣答

bi gi da

打成平手

전반전
重班總
jeon ban jeon

前半場

후반전
呼班總
hu ban jeon

後半場

연장전
永張總
yeon jang jeon

延長賽

빨리 잘 있습

실례지만, 성함이 어
저는 한국 문화를 좋

만나게 되어 반갑습

한국요리를 좋아해요, 일본

第二章

在購物中心 쇼핑몰에서

| 臨 | 時 |
| 急 | 用 |

旅遊篇
여행편

성함이 이르합니다.
한국 문화를 좋아합니다.
가습니다.

尋找賣場

急用會話

이 근처에 옷가게가 있나요?
衣 肯醜耶 喔卡給嘎 衣那呦
i geun cheo e ot kka ge ga in na yo

這附近有服飾店嗎？

* * * * * * * * * * * * * * * * *

여기의 쇼핑가는 어디에 있습니까?
呦可衣耶 修拼卡能 喔滴耶 衣森你嘎
yeo gi ui syo ping ga neun eo di e it sseum ni kka

這裡的商店街在哪裡？

* * * * * * * * * * * * * * * * *

백화점이 어디죠?
陪誇走咪 喔滴糾
bae kwa jeo mi eo di jyo

百貨公司在哪裡？

* * * * * * * * * * * * * * * * *

이 근처엔 편의점이 있습니까?
衣 肯醜耶 匹呦耶總咪 衣森你嘎
i geun cheo en pyeo nui jeo mi it sseum ni kka

這附近有便利商店嗎？

* * * * * * * * * * * * * * * * *

기념품 가게가 어디입니까?
可衣妞鋪恩 卡給嘎 喔滴影你嘎
gi nyeom pum ga ge ga eo di im ni kka

紀念品店在哪裡？

저는 면세점을 찾고 있습니다.
醜能 謬恩誰走悶兒 擦溝 衣森你答
jeo neun myeon se jeo meul chat kko it sseum ni
da

我在找免稅店。

* * * * * * * * * * * * * * * *

저 가게는 꽤 비싸 보이군요.
醜 卡給能 規 匹沙 波衣古妞
jeo ga ge neun kkwae bi ssa bo i gu nyo

那家店看起來好貴喔！

* * * * * * * * * * * * * * * *

이 부근에 슈퍼마켓이 있나요?
衣 鋪可內 西U波媽K西 衣那呦
i bu geu ne syu peo ma ke si in na yo

這附近有超市嗎？

* * * * * * * * * * * * * * * *

어느 쇼핑몰이 세일하고 있습니까?
喔呢 修拼摸里 誰衣拉溝 衣森你嘎
eo neu syo ping mo ri se il ha go it sseum ni kka

哪家購物場所在打折？

逛賣場

急用會話

무엇을 도와 드릴까요, 손님?

目喔奢 頭挖 特里兒嘎呦 松您

mu eo seul tto wa deu ril kka yo son nim

能幫得上您的忙嗎，小姐（先生）？

. . . .

저는 그냥 둘러보고 있는 중입니다. 감사
합니다.

醜能 可釀 禿兒囉波溝 衣能 尊影你答 砍
殺憨你答

jeo neun geu nyang dul leo bo go in neun jung im
ni da gam sa ham ni da

我只是逛逛而已，謝謝。

. . . .

뭘 찾으시는 것은 없으세요?

摸兒 差資西能 狗身 喔思誰呦

mwol cha jeu si neun geo seun eop sseu se yo

您有要找的嗎？

. . . .

죄송합니다만, 우리는 그것을 팔지 않습
니다.

崔松憨你答慢 烏里能 可狗奢 怕兒基 安
森你答

joe song ham ni da man u ri neun geu geo seul pal
jji an sseum ni da

對不起，我們沒賣那個。

. . . .

이것은 제가 찾고 있는 것이 아닙니다.
衣狗申 賊嘎 擦溝 衣能 狗西 阿您你答
i geo seun je ga chat kko in neun geo si a nim ni da

這不是我要找的東西。

. . . .

선글라스가 어디에 있는지 가르쳐 주시겠
어요?
松科兒拉斯嘎 喔滴耶 衣能基 卡了秋 租
西給搜呦
seon geul la seu ga eo di e in neun ji ga reu cheo ju
si ge sseo yo

請告訴我墨鏡在哪裡？

. . . .

좀 더 싼 것을 보여 주세요.
綜 投 山 狗奢 波呦 租誰呦
jom deo ssan geo seul ppo yeo ju se yo

請給我看看便宜一點的。

. . . .

색깔이 마음에 안 들어요.
誰嘎里 媽恩妹 安 特囉呦
saek kka ri ma eu me an deu reo yo

顏色我不喜歡。

. . . .

별로 마음에 안 들어요.
匹呦兒囉 媽恩妹 安特囉呦

byeol lo ma eu me an deu reo yo

我不太喜歡。

* * *

예쁜 가방 몇 개를 추천해 주세요.

耶奔 卡邦 謬 給惹 粗聰黑 租誰呦

ye ppeun ga bang myeot gae reul chu cheon hae ju se yo

請介紹幾個漂亮的包包給我。

* * *

저기요, 가격표가 안 보이는데요.

醜可衣呦 卡可呦匹呦嘎 安 波衣能貼呦

jeo gi yo ga gyeok pyo ga an bo i neun de yo

店員，我沒看到價格牌耶！

相關詢問

急用會話

몇 시에 문을 엽니까?
謬 西耶 目呢兒 永你嘎
myeot si e mu neul yeom ni kka

你們幾點營業？

. . . .

몇 시에 문을 닫습니까?
謬 西耶 目呢兒 它森你嘎
myeot si e mu neul ttat sseum ni kka

你們幾點關門？

. . . .

일요일에 문을 엽니까?
衣溜衣累 目呢兒 永你嘎
i ryo i re mu neul yeom ni kka

你們星期日會開店嗎？

. . . .

이거 잠깐 봐도 될까요?
衣狗 纏乾 怕豆 腿兒嘎呦
i geo jam kkan bwa do doel kka yo

我可以看看這個嗎？

. . . .

이거 공짜예요?
衣狗 工炸耶呦
i geo gong jja ye yo

這是免費的嗎？

다른 색깔은 없습니까?

它冷 誰嘎冷 喔森你嘎

da reun saek kka reun eop sseum ni kka

沒有其他顏色嗎？

....

이런 종류로 갈색이 있나요?

衣龍 重了U囉 卡兒誰可衣 衣那呦

i reon jong nyu ro gal ssae gi in na yo

這種有褐色嗎？

....

보증 기간은 어떻게 되나요?

波增 可衣乾能 喔都K 腿那呦

bo jeung gi ga neun eo tteo ke doe na yo

保固期限是多久？

....

배달을 해 주시나요?

陪他惹 黑 租西那呦

bae da reul hae ju si na yo

幫人送貨嗎？

....

저와 잘 어울립니까?

醜挖 差兒 喔屋兒林你嘎

jeo wa jal eo ul lim ni kka

適合我嗎？

....

세금이 포함된 가격입니까?

誰跟咪 波憨推 卡可呦可影你嘎

se geu mi po ham doen ga gyeo gim ni kka

這是含稅的價格嗎？

* * *

이것을 사겠습니다.
衣狗奢 沙給森你答
i geo seul ssa get sseum ni da

我要買這個。

* * *

그것을 사겠습니다.
可狗奢 沙給森你答
geu geo seul ssa get sseum ni da

我要買那個。

* * *

이것은 오늘만 세일합니까?
衣狗神 喔呢兒蠻 誰衣郎你嘎
i geo seun o neul man se il ham ni kka

這個只有今天打折嗎？

* * *

이것을 어디에서 고칠 수 있습니까?
衣狗奢 喔滴耶搜 口妻兒 蘇 衣森你嘎
i geo seul eo di e seo go chil su it sseum ni kka

這個哪裡可以修理？

* * *

그 안경을 잠깐 착용해 볼 수 있을까요?
可 安可呦兒 禪乾 擦可呦黑 波兒 酥 衣
奢嘎呦
geu an gyeong eul jjam kkan cha gyong hae bol su

i sseul kka yo

我可以稍微試戴一下那個眼鏡嗎？

....

이 청바지를 빨면 색 바래지 않나요?

衣 聰怕基惹 爸兒謬恩 誰 怕累基 安那呦

i cheong ba ji reul ppal myeon saek ba rae ji an na yo

這件牛仔褲洗了會退色嗎？

....

요즘은 어떤 스타일이 유행이죠?

呦遮悶恩 喔東 思它衣里 U黑恩衣糾

yo jeu meun eo tteon seu ta i ri yu haeng i jyo

最近流行哪種款式呢？

....

상품권을 사용할 수 있습니까?

商鋪恩果呢兒 沙庸哈兒 酥 衣森你嘎

sang pum gwo neul ssa yong hal ssu it sseum ni kka

可以使用商品券嗎？

....

이것은 어디서 만든 것입니까?

衣狗身 喔滴搜 蠻登 狗新你嘎

i geo seun eo di seo man deun geo sim ni kka

這是用什麼製成的？

....

좀 더 저렴한 것이 있습니까?

總 投 醜溜蠻 狗西 衣森你嘎

jom deo jeo ryeom han geo si it sseum ni kka

有再便宜一點的嗎？

. . . .

언제 세일합니까?

翁賊 誰衣郎你嘎

eon je se il ham ni kka

什麼時候會打折？

. . . .

이 전자사전은 세일 중인가요?

衣 重炸沙總能 誰衣兒 尊銀嘎呦

i jeon ja sa jeo neun se il jung in ga yo

這台電子字典在特價嗎？

買衣服

急用會話

그 외투를 보고 싶습니다.
可 威吐惹 波溝 西森你答
geu oe tu reul ppo go sip sseum ni da

我想看那件外套。

이 옷을 입어 볼 수 있습니까?
衣 喔奢 衣波 波兒 蘇 衣森你嘎
i o seul i beo bol su it sseum ni kka

我可以試穿這件衣服嗎？

이 바지는 다른 색이 있습니까?
衣 怕幾能 它冷 誰可衣 衣森你嘎
i ba ji neun da reun sae gi it sseum ni kka

這件褲子有其他顏色嗎？

이 바지는 오래 입을 수 있나요?
衣 怕基能 喔累 衣波兒 酥 衣那呦
i ba ji neun o rae i beul ssu in na yo

這件褲子可以穿很久嗎？

이제 곧 겨울이니까 외투를 사고 싶어요.
衣賊 口 可呦屋裡你嘎 威土惹 沙溝 西波
呦
i je got gyeo u ri ni kka oe tu reul ssa go si peo yo

280

馬上就要冬天了，所以想買外套。

. . . .

목도리를 사고 싶은데 여기 있습니까?
摸頭里惹 沙溝 西噴貼 呦可衣 衣森你嘎
mok tto ri reul ssa go si peun de yeo gi it sseum ni
kka

我想買圍巾，這裡有嗎？

. . . .

이 와이셔츠 한 치수 큰 것이 있습니까?
衣 挖衣休資 憨 七酥 坑 狗西 衣森你嘎
i wa i syeo cheu han chi su keun geo si it sseum ni
kka

這件襯衫有再大一號的嗎？

. . . .

이 청바지 한 치수 작은 것이 있습니까?
衣 聰怕幾 憨 七酥 插根 狗西 衣森你嘎
i cheong ba ji han chi su ja geun geo si it sseum ni
kka

這件牛仔褲有再小一號的嗎？

. . . .

소매 없는 상의를 찾고 있습니다.
搜妹 喔能 商衣惹 擦溝 衣森你答
so mae eom neun sang ui reul chat kko it sseum ni
da

我在找無袖的上衣。

. . . .

속옷을 사고 싶어요.

281

搜狗奢 沙溝 西波呦

so go seul ssa go si peo yo

我想買內衣。

....

사이즈가 안 맞으면 교환할 수 있나요?

沙衣資嘎 安 馬資謬恩 可呦環那兒 酥 衣
那呦

sa i jeu ga an ma jeu myeon gyo hwan hal ssu in na
yo

如果尺寸不合，可以換嗎？

....

이 외투는 방풍이 됩니까?

衣 圍吐能 旁鋪衣 腿你嘎

i oe tu neun bang pung i doem ni kka

這外套防風嗎？

....

쉽게 구겨지나요?

需給 苦可呦基那呦

swip kke gu gyeo ji na yo

容易皺嗎？

....

저 긴 팔 상의를 좀 보여 주시겠어요?

醜 可衣恩 怕兒 商衣惹 綜 波呦 租西給
搜呦

jeo gin pal ssang ui reul jjom bo yeo ju si ge sseo
yo

那件長袖上衣可以拿給我看看嗎？

이 반바지는 잘 맞습니다.
衣 盤怕基能 差兒 媽森你答
i ban ba ji neun jal mat sseum ni da

這件短褲很合身。

. . . .

제가 입기에는 조금 큽니다.
賊嘎 衣可衣耶能 醜跟 坑你答
je ga ip kki e neun jo geum keum ni da

我穿有點大件。

. . . .

요즘 유행하는 스타일을 추천 좀 해 주세
요.
呦贈 U黑恩哈能 思他衣惹 粗蔥 綜 黑 租
誰呦
yo jeum yu haeng ha neun seu ta i reul chu cheon
jom hae ju se yo

請推薦幾件最近在流行的款式。

. . . .

옷감 재질이 뭐예요?
喔乾 疵耶基里 摸耶呦
ot kkam jae ji ri mwo ye yo

衣料的材質是什麼？

. . . .

이 점퍼는 특가 상품입니까?
衣 總剖能 特嘎 商鋪敏你嘎
i jeom peo neun teuk kka sang pu mim ni kka

這件夾克是特價商品嗎？

이것은 무슨 브랜드입니까?
衣狗神 目身 波蕾的影你嘎
i geo seun mu seun beu raen deu im ni kka

這是什麼牌子的？

. . . .

입어봐도 됩니까?
衣波怕豆 腿你嘎
i beo bwa do doem ni kka

可以試穿嗎？

. . . .

이 옷은 너무 헐렁합니다.
衣 喔神 呢目 夠兒龍憨你答
i o seun neo mu heol leong ham ni da

這件衣服太寬鬆了。

. . . .

탈의실이 어디에 있습니까?
它里西里 喔滴耶 衣森你嘎
ta rui si ri eo di e it sseum ni kka

試衣間在哪裡？

. . . .

이 T셔츠는 면제품입니까?
衣 T休資能 謬恩賊鋪敏你嘎
i t syeo cheu neun myeon je pu mim ni kka

這件T恤是棉製品嗎？

. . . .

이 바지는 조금 낍니다.
衣 怕基能 醜根 可影你答

i ba ji neun jo geum kkim ni da

這件褲子有點緊。

이 옷 흰색으로 있나요?
衣　喔　喝衣恩誰可囉　衣那呦
i ot hin sae geu ro in na yo

這件衣服有白色嗎？

저기요, 거울이 어디에 있어요?
醜可衣呦　口屋裡　喔滴耶　衣搜呦
jeo gi yo geo u ri eo di e i sseo yo

請問鏡子在哪裡？

죄송하지만 바지와 치마만 입어 보실 수
있습니다.
崔松哈基慢　怕基挖　七媽蠻　衣波　波西兒
酥　衣森你答
joe song ha ji man ba ji wa chi ma man i beo bo sil
su it sseum ni da

不好意思，只能試穿褲子和裙子。

買鞋子

急用會話

어떤 스타일의 신발을 찾고 있습니까?
喔東 思它衣累 新怕惹 差溝 衣森你嘎
eo tteon seu ta i rui sin ba reul chat kko it sseum ni kka

您在找什麼樣式的鞋子呢？

. . . .

이 브랜드의 신발을 찾고 있습니다.
衣 波雷的耶 新怕惹 擦溝 衣森你答
i beu raen deu ui sin ba reul chat kko it sseum ni da

我在找這個品牌的鞋子。

. . . .

이 바지와 잘 어울리는 신발을 사고 싶습니다.
衣 怕基挖 差兒 喔烏兒里能 新爸惹 沙溝 西森你答
i ba ji wa jal eo ul li neun sin ba reul ssa go sip sseum ni da

我想買配這件褲子的鞋子。

. . . .

요즘 인기 있는 신발이 어떤 것입니까?
呦贈 銀可衣 衣能 新爸里 喔東 狗新你嘎
yo jeum in gi in neun sin ba ri eo tteon geo sim ni kka

最近很受歡迎的鞋子是哪一種？

....

이 구두 검은색이 없습니까?
衣 苦吐 恐門誰可衣 喔森你嘎
i gu du geo meun sae gi eop sseum ni kka

這雙皮鞋沒有黑色的嗎？

....

하이힐을 사려고 합니다.
哈衣呵衣惹 沙溜溝 憨你答
ha i hi reul ssa ryeo go ham ni da

我要買高跟鞋。

....

여기서 샌들을 팝니까?
呦可衣搜 誰恩的惹 盤你嘎
yeo gi seo saen deu reul pam ni kka

這裡有賣涼鞋嗎？

....

이 운동화를 신어봐도 될까요?
衣 溫冬花惹 新呢喔怕豆 腿兒嘎呦
i un dong hwa reul ssi neo bwa do doel kka yo

我可以試穿這雙運動鞋嗎？

....

좀 걸어 봐도 되겠습니까?
綜 口囉 怕豆 腿給森你嘎
jom geo reo bwa do doe get sseum ni kka

我可以走走看嗎？

이 하이힐이 딱 맞습니다.
衣 哈衣喝衣里 大 媽森你答
i ha i hi ri ttak mat sseum ni da

這雙高跟鞋很合腳。

· ·

제 치수는 245입니다.
賊 七酥能 衣胚沙係波影你答
je chi su neun i baek ssa si bo im ni da

我的尺寸是245號。

· ·

너무 큽니다.
呢喔目 坑你答
neo mu keum ni da

太大了。

· ·

너무 낍니다.
呢喔目 哥衣恩你答
neo mu kkim ni da

太緊了。

· ·

이것은 조깅화입니까?
衣狗神 醜可衣恩花影你嘎
i geo seun jo ging hwa im ni kka

這是慢跑鞋嗎？

· ·

저는 농구화 한 켤레를 사고 싶습니다.
醜能 農苦花 憨 可呦兒累惹 沙溝 西森你

答
jeo neun nong gu hwa han keol le reul ssa go sip sseum ni da

我想買一雙籃球鞋。

. . . .

혹시 여기 테니스화가 있습니까?
齁系 呦可衣 貼你思花嘎 衣森你嘎
hok ssi yeo gi te ni seu hwa ga it sseum ni kka

請問這裡有網球鞋嗎?

. . . .

두 켤레를 사면 할인이 됩니까?
禿 可呦兒累惹 沙謬恩 哈林你 腿你嘎
du kyeol le reul ssa myeon ha ri ni doem ni kka

買兩雙會打折嗎?

. . . .

이 구두는 무슨 가죽으로 만들었습니까?
衣 苦土能 目身 卡走哥囉 蠻的囉森你嘎
i gu du neun mu seun ga ju geu ro man deu reot sseum ni kka

這雙皮鞋是用什麼皮革製成的?

. . . .

이 신발은 다른 색이 있습니까?
衣 新怕冷 他冷 誰可衣 衣森你嘎
i sin ba reun da reun sae gi it sseum ni kka

這雙鞋子有其他顏色嗎?

. . . .

이 하이힐은 더 작은 사이즈가 없습니까?

衣 哈衣呵衣冷 投 插根 沙衣資嘎 喔森你
嘎

i ha i hi reun deo ja geun sa i jeu ga eop sseum ni
kka

這雙高跟鞋有再小號一點的嗎？

. . . .

굵은 굽의 구두가 없습니까?

哭兒跟 苦背 苦土嘎 喔森你嘎

gul geun gu bui gu du ga eop sseum ni kka

有粗跟的皮鞋嗎？

. . . .

이 신발 잘 맞습니까?

衣 新爸兒 插兒 媽森你嘎

i sin bal jjal mat sseum ni kka

這雙鞋合腳嗎？

買禮物

急用會話

한국 도자기를 사려고 합니다.
憨估 頭渣可衣惹 沙溜溝 憨你答
han guk do ja gi reul ssa ryeo go ham ni da

我想買韓國陶瓷。

. . . .

저는 이 탈을 사겠습니다.
醜能 衣 他惹 沙給森你答
jeo neun i ta reul ssa get sseum ni da

我要買這個面具。

. . . .

골동품을 좀 보고 싶습니다.
口兒東鋪悶兒 綜 波溝 西森你答
gol dong pu meul jjom bo go sip sseum ni da

我想看看古董。

. . . .

부모님께 드릴 특산물을 사고 싶습니다.
鋪摸您給 特里兒 特山木惹 沙溝 西森你
答
bu mo nim kke deu ril teuk ssan mu reul ssa go sip
sseum ni da

我想買送父母的特產。

. . . .

여기서 전통 장식품을 팝니까?
呦可衣搜 重通 長系鋪悶兒 盤你嘎

yeo gi seo jeon tong jang sik pu meul pam ni kka

這裡有賣傳統飾品嗎？

. . . .

여기 다른 골동품 도자기가 있습니까?

呦可衣 他冷 口兒東鋪恩 頭渣可衣嘎 衣森你嘎

yeo gi da reun gol dong pum do ja gi ga it sseum ni kka

這裡有其他的古董陶瓷嗎？

. . . .

여기 한국 전통인형이 있습니까?

呦可衣 憨估 重通銀呵呦衣 衣森你嘎

yeo gi han guk jeon tong in hyeong i it sseum ni kka

這裡有傳統韓國娃娃嗎？

. . . .

이 팔찌는 예쁘군요. 얼마입니까?

衣 怕兒基能 耶波谷妞 喔兒媽影你嘎

i pal jji neun ye ppeu gu nyo eol ma im ni kka

這手鍊很漂亮呢！多少錢？

. . . .

저는 커플링을 찾고 있습니다.

醜能 口波兒林兒 插溝 衣森你答

jeo neun keo peul ling eul chat kko it sseum ni da

我在找情侶對戒。

. . . .

한복을 맞추려고 합니다.

憨波哥兒 媽粗溜溝 憨你答
han bo geul mat chu ryeo go ham ni da

我要訂做韓服。

- -

한 벌 맞추는데 얼마입니까?
憨 波兒 媽粗能貼 喔兒媽影你嘎
han beol mat chu neun de eol ma im ni kka

訂做一套要多少錢？

- -

한복 모양의 열쇠 고리가 있습니까?
憨鋪 摸洋耶 呦兒雖 口里嘎 衣森你嘎
han bok mo yang ui yeol soe go ri ga it sseum ni
kka

有韓服模樣的鑰匙圈嗎？

- -

저는 기념 티 셔츠를 사려고 합니다.
醜能 可衣妞 梯 休資惹 沙溜溝 憨你答
jeo neun gi nyeom ti syeo cheu reul ssa ryeo go
ham ni da

我想買紀念T恤。

- -

저 한국 전통 부채가 얼마입니까?
醜 憨估 重通 鋪疵耶嘎 喔兒媽影你嘎
jeo han guk jeon tong bu chae ga eol ma im ni kka

那把韓國傳統扇子多少錢？

- -

한글 도장을 맞추고 싶습니다.

憨科兒 頭髒兒 媽粗溝 西森你答
han geul tto jang eul mat chu go sip sseum ni da
我想訂做韓文印章。

. . . .

제 한글 이름을 도장에 새겨 주십시오.
賊 憨科兒 衣了悶兒 頭髒耶 誰可呦 租西
不休
je han geul i reu meul tto jang e sae gyeo ju sip ssi o
請將我的韓文名字刻在印章上。

. . . .

이 핸드폰 걸이를 2개 사려고 합니다.
衣 黑恩特朋 口里惹 吐給 沙溜溝 憨你答
i haen deu pon geo ri reul ttu gae sa ryeo go ham
ni da
這個手機吊飾我要買兩個。

詢問價格

急用會話

가격이 얼마죠?
卡可呦可衣 喔兒媽糾
ga gyeo gi eol ma jyo

價格多少？

. . . .

창가에 있는 저 치마는 얼마입니까?
昌嘎耶 衣能 醜 妻媽能 喔兒媽影你嘎
chang ga e in neun jeo chi ma neun eol ma im ni
kka

靠窗的那件裙子多少錢？

. . . .

표시된 가격대로입니까?
匹呦西推 卡可呦貼囉影你嘎
pyo si doen ga gyeok ttae ro im ni kka

價格和上面所標示的一樣嗎？

. . . .

정가가 얼마입니까?
寵卡嘎 喔兒媽影你嘎
jeong ga ga eol ma im ni kka

定價是多少？

殺價

急用會話

좀더 싼 것이 있습니까?
綜頭 山 狗西 衣森你嘎
jom deo ssan geo si it sseum ni kka

有更便宜一點的嗎？

．．．．．．．．．．．．．．．．．．．．．．

너무 비싼 것 같네요.
呢喔目 匹山 狗卡內呦
neo mu bi ssan geot gan ne yo

好像太貴了呢！

．．．．．．．．．．．．．．．．．．．．．．

이렇게 많이 사는데 조금 싸게 해 주세요.
衣囉K 馬你 沙能貼 醜根 沙給 黑 租誰
呦
i reo ke ma ni sa neun de jo geum ssa ge hae ju se
yo

我買這麼多，算便宜一點吧。

．．．．．．．．．．．．．．．．．．．．．．

3만원에 해 주십시오.
商蠻我內 黑 租西不休
sam ma nwo ne hae ju sip ssi o

算我3萬韓元吧。

．．．．．．．．．．．．．．．．．．．．．．

아주머님, 5천원만 깎아 주십시오.
阿租摸您 喔蔥我恩蠻 嘎嘎 租西不休

a ju meo nim o cheo nwon man kka kka ju sip ssi o

阿姨，少算我五千韓元吧。

. . . .

조금 깎아 주시겠습니까?

醜跟恩 嘎嘎 租西給森你嘎

jo geum kka kka ju si get sseum ni kka

可以算便宜一點嗎？

. . . .

할인을 해주시겠습니까?

哈林呢兒 黑租西給森你嘎

ha ri neul hae ju si get sseum ni kka

可以打折給我嗎？

. . . .

현금으로 사면 값을 깎아 주시겠어요?

喝呦恩可悶囉 沙謬恩 卡奢 嘎嘎 租西給
蒐呦

hyeon geu meu ro sa myeon gap sseul kka kka ju si
ge sseo yo

用現金買可以算便宜一點嗎？

. . . .

너무 비싸요. 좀 생각해 보겠습니다.

呢喔目 匹沙呦 綜 先嘎K 波給森你答

neo mu bi ssa yo jom saeng ga kae bo get sseum ni
da

太貴了，我考慮看看。

. . . .

조금만 더 깎아 주실 수 없습니까?

醜跟蠻 投 嘎嘎 租西兒 蘇 喔森你嘎

jo geum man deo kka kka ju sil su eop sseum ni kka

不能再便宜一點嗎？

. . . .

깎아 주신다면 그것 모두를 사겠습니다.

嘎嘎 租新答謬恩 可狗 摸度惹 沙給森你答

kka kka ju sin da myeon geu geot mo du reul ssa get sseum ni da

如果您便宜賣我，那些我全部都買。

. . . .

예상보다 비싸네요.

耶商波答 匹沙內呦

ye sang bo da bi ssa ne yo

比預想的還要貴呢！

. . . .

조금만 더 싸면 제가 사겠습니다.

醜根蠻 頭 沙謬恩 賊嘎 沙給森你答

jo geum man deo ssa myeon je ga sa get sseum ni da

如果再便宜一點，我就買。

. . . .

이건 이미 할인된 가격입니다.

衣拱 衣咪 哈林推 卡可呦可影你答

i geon i mi ha rin doen ga gyeo gim ni da

這已經是打折後的價錢了。

예산이 초과됩니다.
耶山你 抽瓜腿你答
ye sa ni cho gwa doem ni da

超過預算了。

. . . .

할인해 주서서 감사합니다.
哈林黑 租修搜 砍殺憨你答
ha rin hae ju syeo seo gam sa ham ni da

謝謝你打折賣給我。

結帳

急用會話

다 고르셨어요?
它 口了修搜呦
da go reu syeo sseo yo

您挑選好了嗎？

. . . .

모두 얼마입니까?
摸 度 喔兒媽影你嘎
mo du eol ma im ni kka

總共多少錢？

. . . .

전부 5만5천원입니다.
重鋪 喔蠻喔蔥我您你答
jeon bu o ma no cheo nwo nim ni da

總共是五萬五千韓元。

. . . .

값이 적당하군요. 그걸 사겠어요.
卡西 醜當哈谷妞 可狗兒 沙給蒐呦
gap ssi jeok ttang ha gu nyo geu geol sa ge sseo yo

價格很合理，我要買那個。

. . . .

여기서 계산해도 됩니까?
呦可衣搜 K沙內豆 腿你嘎
yeo gi seo gye san hae do doem ni kka

我可以在這裡結帳嗎？

결제는 카드로 하실 겁니까? 현금으로 하실 겁니까?

可呦兒賊能 卡特囉 哈西兒 拱你嘎 喝呦恩可悶囉 哈西兒 拱你嘎

gyeol je neun ka deu ro ha sil geom ni kka hyeon geu meu ro ha sil geom ni kka

您要用信用卡付款，還是用現金付款？

. . . .

돈이 부족합니다. 신용카드 받습니까?

偷你 鋪走砍你答 心庸卡特 怕森你嘎

do ni bu jo kam ni da si nyong ka deu bat sseum ni kka

我錢不夠，可以刷卡嗎？

. . . .

혹시 달러 사용이 가능합니까?

齁系 他兒囉 沙庸衣 卡能憨你嘎

hok ssi dal leo sa yong i ga neung ham ni kka

請問可以用美金付款嗎？

. . . .

조금 있다 와서 사겠습니다.

醜跟 衣答 挖搜 沙給森你答

jo geum it tta wa seo sa get sseum ni da

我待會再過來買。

. . . .

좀 비싸네요. 사고 싶지 않습니다.

綜 匹沙內呦 沙溝 西基 安森你答

jom bi ssa ne yo sa go sip jji an sseum ni da

有點貴耶！我不想買。

- - - - - - - - - - - - - - - -

현금으로 내겠습니다.

呵呦恩可悶囉 內給森你答

hyeon geu meu ro nae get sseum ni da

我要用現金付款。

- - - - - - - - - - - - - - - -

카드로 내겠습니다.

卡特囉 內給森你答

ka deu ro nae get sseum ni da

我要刷卡。

- - - - - - - - - - - - - - - -

여행자 수표도 사용할 수 있어요?

呦黑恩炸 酥匹呦豆 沙庸哈兒 酥 衣搜呦

yeo haeng ja su pyo do sa yong hal ssu i sseo yo

可以使用旅行支票嗎？

- - - - - - - - - - - - - - - -

분할 지불은 안 됩니다.

鋪恩哈兒 基鋪冷 安 對你答

bun hal jji bu reun an doem ni da

不可以分期付款。

- - - - - - - - - - - - - - - -

지불은 같이 하시겠습니까? 아니면 따로
따로 하시겠습니까?

基鋪冷 卡器 哈西給森你嘎 阿你謬恩 答
囉答囉 哈西給森你嘎

ji bu reun ga chi ha si get sseum ni kka a ni myeon

tta ro tta ro ha si get sseum ni kka

您要一起付，還是分開付？

. . . .

영수증을 받을 수 있을까요?
庸酥曾兒 怕的 蘇 衣奢嘎呦
yeong su jeung eul ppa deul ssu i sseul kka yo

可以給我收據嗎？

. . . .

어디에서 지불합니까?
喔滴耶搜 基鋪朗你嘎
eo di e seo ji bul ham ni kka

在哪裡結帳？

包裝

急用會話

선물을 하려고 합니다. 포장해 주십시오.
松目惹 哈溜溝 憨你答 波髒黑 租西不休
seon mu reul ha ryeo go ham ni da po jang hae ju
sip ssi o

我要送禮，請幫我包裝。

* * *

종이 봉지 하나 더 주시겠습니까?
宗衣 朋基 哈那 投 租西給森你嘎
jong i bong ji ha na deo ju si get sseum ni kka

可以再給我一個紙袋嗎？

* * *

포장해 주시겠어요?
波髒黑 租西給蒐呦
po jang hae ju si ge sseo yo

可以幫我包裝嗎？

* * *

선물용으로 포장해 드릴까요?
松木兒庸兒囉 波髒黑 特里兒嘎呦
seon mu ryong eu ro po jang hae deu ril kka yo

要幫您包裝成禮物嗎？

* * *

봉투에 넣어 드릴까요?
朋土耶 呢喔喔 特里兒嘎呦
bong tu e neo eo deu ril kka yo

要幫您裝在袋子裡嗎？

예쁘게 포장해 주세요.
耶波給 波髒黑 租誰呦
ye ppeu ge po jang hae ju se yo
請幫我包漂亮一點。

따로따로 포장해 주세요.
答囉答囉 波髒黑 租誰呦
tta ro tta ro po jang hae ju se yo
請幫我分開包裝。

선물용이십니까?
松木兒庸衣新你嘎
seon mu ryong i sim ni kka
您要送人嗎？

전부 하나로 포장해 주시겠어요?
重鋪 哈那囉 波髒黑 租西給蒐呦
jeon bu ha na ro po jang hae ju si ge sseo yo
可以幫我裝在一起嗎？

쇼핑 백 하나 주세요.
修拼 貝 哈那 租誰呦
syo ping baek ha na ju se yo
請給我一個手提袋。

제가 쓸 거예요. 포장을 안 하셔도 됩니
다.

賊嘎 思兒 狗耶呦 波髒兒 安 哈休豆 腿
你答

je ga sseul kkeo ye yo po jang eul an ha syeo do
doem ni da

是我自己要用的，不需要包裝。

退換貨

急用會話

다른 것으로 바꿔 주시겠어요?
它冷 狗思囉 怕郭 租西給蒐呦
da reun geo seu ro ba kkwo ju si ge sseo yo

可以換別的給我嗎？

이것을 반품할 수 있나요?
衣狗奢 盤鋪恩哈兒 酥 衣那呦
i geo seul ppan pum hal ssu in na yo

這可以退貨嗎？

이것을 반환하고 싶은데요.
衣狗奢 盤歡哈溝 西噴貼呦
i geo seul ppan hwan ha go si peun de yo

這個我想退貨。

이 신발은 다른 사이즈로 바꾸고 싶습니
다.
衣 新怕冷 他冷 沙衣資囉 怕佑溝 西森你
答
i sin ba reun da reun sa i jeu ro ba kku go sip
sseum ni da

這雙鞋我想換別的SIZE。

이 옷은 몸에 맞지 않습니다.

307

衣 喔神 盟妹 媽基 安森你答
i o seun mo me mat jji an sseum ni da

這件衣服不合身。

얼룩이 묻어 있어요.
喔兒路可衣 目豆 衣搜呦
eol lu gi mu deo i sseo yo

有汙點。

결함이 있는 제품인 것 같아요.
可呦拉咪 衣能 賊鋪民 狗 嘎它呦
gyeol ha mi in neun je pu min geot ga ta yo

好像是有瑕疵的製品。

영수증을 가져 오셨습니까?
庸酥曾兒 卡糾 喔休森你嘎
yeong su jeung eul kka jeo o syeot sseum ni kka

您有帶收據來嗎？

저희는 환불해 드릴 수 없습니다만 다른
것으로 바꾸어 드릴 수 있습니다.
醜喝衣能 歡鋪累 特里兒 酥 喔森你答蠻
它冷 狗思囉 怕谷喔 特里兒 酥 衣森你答
jeo hi neun hwan bul hae deu ril su eop sseum ni
da man da reun geo seu ro ba kku eo deu ril su it
sseum ni da

雖然不能退錢給您，但可以換別的給您。

補充詞彙

정가
寵嘎
jeong ga
定價

. . . .

가격
卡可呦
ga gyeok
價格

. . . .

판매가
盤妹嘎
pan mae ga
銷售價

. . . .

특가품
特嘎鋪恩
teuk kka pum
特價品

. . . .

가격표
卡可呦匹呦
ga gyeok pyo
價目表

바겐 세일하다
怕給恩 誰衣拉答
ba gen se il ha da

清倉拍賣

영수증
庸酥爭
yeong su jeung

收據

계산대
K山貼
gye san dae

收銀台

금전 등록기
跟恩宗 疼露可衣
geum jeon deung nok kki

收銀機

쇼핑백
修拼貝
syo ping baek

購物袋

바코드
怕口特

ba ko deu
條碼

옷
喔
ot
衣服

복식
波係
bok ssik
服飾

잠옷
禪喔
ja mot
睡衣

셔츠
修資
syeo cheu
襯衫

티셔츠
踢修資
ti syeo cheu
T恤

스웨터
思維頭
seu we teo
毛衣

. . . .

원피스
我恩匹思
won pi seu
連身洋裝

. . . .

아동복
阿通布
a dong bok
兒童服

. . . .

커플룩
口波兒路
keo peul luk
情侶裝

. . . .

쟈켓
搯K
jya ket
夾克

. . . .

후드티
呼特踢

hu deu ti
連帽厚T

. . . .

청바지
聰怕基
cheong ba ji
牛仔褲

. . . .

양복
羊布
yang bok
西裝

. . . .

조끼
醜可衣
jo kki
背心

. . . .

타이츠
它衣資
ta i cheu
內搭褲

. . . .

속옷
搜狗
so got
內衣

브래지어
波累基喔
beu rae ji eo
胸罩

팬티
配恩踢
paen ti
內褲

구두점
苦禿總
gu du jeom
皮鞋店

신발
新爸兒
sin bal
鞋子

구두
估吐
gu du
皮鞋

하이힐
哈衣喝衣兒

ha i hil
高跟鞋

운동화
溫冬挖
un dong hwa
運動鞋

등산화
疼山挖
deung san hwa
登山鞋

슬리퍼
奢里波
seul li peo
拖鞋

샌들
仙特兒
saen deul
涼鞋

부츠
鋪資
bu cheu
靴子

롱부츠
龍鋪資
rong bu cheu

長筒靴

. . . .

신발 밑바닥
新爸兒 米怕打
sin bal mit ppa dak

鞋底

. . . .

구두끈
苦督根
gu du kkeun

鞋帶

. . . .

반지
盤幾
ban ji

戒指

. . . .

목걸이
摸狗里
mok kkeo ri

項鍊

. . . .

귀걸이
可烏衣狗里

gwi geo ri

耳環

. . . .

액세서리
耶誰搜里
aek sse seo ri

飾品

. . . .

팔찌
怕兒基
pal jji

手鍊

. . . .

발찌
爬兒基
bal jji

腳鍊

. . . .

파운데이션
怕溫貼衣熊恩
pa un de i syeon

粉底霜

. . . .

아이라이너
阿衣拉衣呢喔
a i ra i neo

眼線筆

마스카라
媽思卡拉
ma seu ka ra
睫毛膏

. . . .

립스틱
立思替
rip sseu tik
口紅

. . . .

아이섀도우
阿衣誰豆屋
a i syae do u
眼影

. . . .

썬크림
松可領
sseon keu rim
防曬乳

. . . .

립글로스
里刻兒囉思
rip kkeul lo seu
唇彩

. . . .

볼터치
波兒頭七

bol teo chi

腮紅

. . . .

인조 눈썹
銀醜 努恩搜
in jo nun sseop

假睫毛

. . . .

화운데이션
花溫貼衣熊恩
hwa un de i syeon

粉底液

. . . .

아이브로우 펜슬
阿衣波囉屋 培恩奢
a i beu ro u pen seul

眉筆

. . . .

클렌징 오일
可兒雷金 喔衣兒
keul len jing o il

卸妝油

. . . .

장갑
常嘎
jang gap

手套

넥타이
內它衣
nek ta i
領帶

. . . .

허리띠
躺里地
heo ri tti
腰帶

. . . .

모자
摸炸
mo ja
帽子

. . . .

손수건
松酥孔
meo ri tti
手帕

. . . .

머리띠
摸里地
meo ri tti
髮箍

. . . .

스타킹
思它可衣恩

seu ta king
絲襪

. . . .

양말
羊媽兒
yang mal
襪子

. . . .

지갑
幾卡不
ji gap
皮夾

. . . .

손가방
松卡邦
son ga bang
手提包

. . . .

배낭
陪囊
bae nang
背包

. . . .

파우치
怕烏七
pa u chi
化妝包

안경
安可呦恩
an gyeong
眼鏡

. . . .

선글라스
松刻兒拉思
seon geul la seu
太陽眼鏡

. . . .

콘텍트렌즈
空貼特雷資
kon tek teu ren jeu
隱形眼鏡

. . . .

돋보기 안경
頭波可衣 安可呦恩
dot ppo gi an gyeong
老花眼鏡

. . . .

안경렌즈
安可呦恩雷資
an gyeong nen jeu
鏡片

. . . .

안경테
安可呦恩貼

an gyeong te
鏡架

비싸다
匹沙答
bi ssa da
昂貴

싸다
沙答
ssa da
便宜

저렴하다
醜溜媽答
jeo ryeom ha da
低廉

반값
盤嘎
ban gap
半價

第二章

緊急情況 긴급 상황

旅遊篇
여행편

尋求幫助

急用會話

어느 분이 절 도와 주시겠어요?
喔呢 鋪你 醜兒 頭挖 租西給蔻呦
eo neu bu ni jeol do wa ju si ge sseo yo
誰能幫我的忙？

좀 도와 주시겠습니까?
綜 頭挖 租西給森你嘎
jom do wa ju si get sseum ni kka
可以幫忙嗎？

제발 도와주세요.
賊爸兒 頭挖租誰呦
je bal tto wa ju se yo
拜託幫幫我。

도와 주셔서 감사합니다.
頭挖 租修搜 砍沙憨你答
do wa ju syeo seo gam sa ham ni da
謝謝你的幫助。

저를 좀 도와주시겠어요?
醜惹 綜 頭挖租西給蔻呦
jeo reul jjom do wa ju si ge sseo yo
可以幫我嗎？

저를 좀 도와 주십시오.

醜惹 綜 頭挖 租西不休

jeo reul jjom do wa ju sip ssi o

請幫我個忙。

* * *

짐 좀 옮겨 주시겠어요?

金恩 綜 翁可呦 租西給蒐呦

jim jom om gyeo ju si ge sseo yo

可以幫我搬行李嗎？

* * *

경찰에 신고해 주세요.

可呦恩擦累 新溝黑 租誰呦

gyeong cha re sin go hae ju se yo

請幫我報警。

* * *

구급차를 불러 주세요.

估可擦惹 鋪兒囉 租誰呦

gu geup cha reul ppul leo ju se yo

請幫我叫計程車。

* * *

살려주세요.

沙兒溜租誰呦

sal lyeo ju se yo

救命！

語言不通

急用會話

죄송합니다. 무슨 말씀인지 못 알아 듣겠습니다.

崔松憨你答 目身 媽兒身敏基 摸 答拉特 給森你答

joe song ham ni da mu seun mal sseu min ji mot a ra deut kket sseum ni da

對不起，我聽不懂你說什麼。

죄송해요. 잘 이해를 못 하겠어요.

崔松黑呦 插兒 喔黑惹 摸它給蒐呦

joe song hae yo jal i hae reul mo ta ge sseo yo

對不起，我不太懂你的意思。

미안하지만 다시 한번 말씀해 주시겠습니까?

咪安那基慢 它西 憨崩 媽兒身妹 租西給森你嘎

mi an ha ji man da si han beon mal sseum hae ju si get sseum ni kka

對不起，請您再講一次。

방금 뭐라고 말씀하셨습니까?

旁跟恩 摸拉溝 媽兒省哈修森你嘎

bang geum mwo ra go mal sseum ha syeot sseum

---

ni kka

您剛才說什麼？

....

잘 안 들립니다.

插兒 安 特林你答

jal an deul lim ni da

我聽不清楚。

....

큰 소리로 얘기해 주세요.

坑 搜里囉 耶可衣黑 租誰呦

keun so ri ro yae gi hae ju se yo

請講大聲一點。

....

제가 하는 말을 이해하겠습니까?

賊嘎 哈能 媽惹 衣黑哈給森你嘎

je ga ha neun ma reul i hae ha get sseum ni kka

我說的話你懂嗎？

....

말이 너무 빨라서 알아들을 수 없어요.

媽里 呢喔目 爸兒拉搜 阿拉特惹 酥 喔不

搜呦

ma ri neo mu ppal la seo a ra deu reul ssu eop sseo

yo

你說的太快了，我聽不懂。

....

저는 한국 사람이 아닙니다. 천천히 말씀

해 주세요.

醜能 憨估 沙拉咪 阿您你答 匆匆喝衣 媽
兒省黑 租誰呦

jeo neun han guk sa ra mi a nim ni da cheon cheon
hi mal sseum hae ju se yo

我不是韓國人，請您慢慢說。

- -

좀 더 알기 쉽게 설명해 주실래요?

綜 頭 阿兒可衣 須給 搜兒謬恩黑 租西兒
累呦

jom deo al kki swip kke seol myeong hae ju sil lae
yo

您可以說明得讓我更能夠理解嗎？

遺失・失竊・事故

急用會話

제 핸드백이 없어졌습니다.
賊 黑恩的背可衣 喔搜糾森你答
je haen deu bae gi eop sseo jeot sseum ni da

我的手提包不見了。

. . . .

제 핸드폰을 버스에 두고 내렸습니다.
賊 黑恩的朋呢兒 波斯耶 吐溝 內溜森你答
je haen deu po neul ppeo seu e du go nae ryeot
sseum ni da

我把手機忘在公車上了。

. . . .

어디서 잃어버렸는지 모르겠어요.
喔低搜 衣囉波溜能基 摸了給蒐呦
eo di seo i reo beo ryeon neun ji mo reu ge sseo yo

我不知道在哪裡弄丟的。

. . . .

어디서 분실하셨는지 기억나세요?
喔滴搜 鋪恩西拉修能基 可衣喔那誰呦
eo di seo bun sil ha syeon neun ji gi eong na se yo

您記得是在哪裡不見的嗎？

. . . .

누군가 제 지갑을 훔쳐 갔습니다.
努棍嘎 賊 積卡波兒 乎恩秋 卡森你答

nu gun ga je ji ga beul hum cheo gat sseum ni da

有人把我的錢包偷走了。

. . . .

분실물을 신고하려고 합니다.

鋪恩西兒目惹 新溝哈溜溝 憨你答

bun sil mu reul ssin go ha ryeo go ham ni da

我要登記遺失物品。

. . . .

분실물을 수령하려고 합니다.

鋪恩西兒目惹 酥溜恩哈溜溝 憨你答

bun sil mu reul ssu ryeong ha ryeo go ham ni da

我要領回我遺失的東西。

. . . .

전 지금 어떻게 해야 합니까?

重 基跟 喔豆K 黑呀 憨你嘎

jeon ji geum eo tteo ke hae ya ham ni kka

我現在該怎麼辦才好？

. . . .

가방 안에 제 여권이 있습니다.

卡棒 安內 賊 呦果你 衣森你答

ga bang a ne je yeo gwo ni it sseum ni da

包包裡面有我的護照。

. . . .

찾게 되면 제가 묵는 롯데 호텔로 연락해 주세요.

擦給 腿謬恩 賊嘎 目能 漏貼 齁貼兒囉 庸拉K 租誰呦

chat kke doe myeon je ga mung neun rot tte ho tel
lo yeol la kae ju se yo

如果找到的話，請您連絡我住的樂天飯店。

이것이 제 연락처입니다.

衣狗西　賊　庸拉醜影你答

i geo si je yeol lak cheo im ni da

這是我的聯絡方式。

제 가방을 어디에 두었는지 생각이 나지
않습니다.

賊　卡棒兒　喔滴耶　吐喔能基　先嘎可衣　那
基　安森你答

je ga bang eul eo di e du eon neun ji saeng ga gi na
ji an sseum ni da

我想不起來我把包包放在哪裡。

여기에 놓아둔 지갑을 보셨습니까?

呦可衣耶　呢喔阿呑　基嘎波兒　波修森你嘎

yeo gi e no a dun ji ga beul ppo syeot sseum ni kka

請問你有沒有看到放在這裡的皮夾？

가방 안에는 중요한 서류가 있습니다.

卡棒　安內能　尊呦憨　搜了U嘎　衣森你答

ga bang a ne neun jung yo han seo ryu ga it sseum
ni da

包包裡面有很重要的資料。

• •

누군가 저의 분홍색 지갑을 여기로 보내
오지 않았습니까?

努 嘎 醜耶 鋪恩轟誰 基卡剝兒 呦可衣囉
波內喔基 安那森你嘎

nu gun ga jeo ui bun hong saek ji ga beul yeo gi ro
bo nae o ji a nat sseum ni kka

**請問有沒有人送一個粉紅色的皮夾來這
裡？**

迷路

急用會話

길을 잃었어요. 여기가 어디죠?

可衣惹 衣囉搜呦 呦可衣嘎 喔滴糾

gi reul i reo sseo yo yeo gi ga eo di jyo

我迷路了，這裡是哪裡呢？

- -

전 방향을 잃었어요.

重 旁呵呀兒 衣囉搜呦

jeon bang hyang eul i reo sseo yo

我失去方向了。

- -

말씀 좀 묻겠습니다. 경복궁은 어디에 있죠?

媽兒省 綜 目給森你答 可呦恩布捆恩恩 喔滴耶 衣救

mal sseum jom mut kket sseum ni da gyeong bok kkung eun eo di e it jjyo

請問一下，景福宮在哪裡呢？

- -

실례지만 길 좀 물어도 될까요?

西兒累基慢 可衣兒 綜 目囉豆 腿兒嘎呦

sil lye ji man gil jom mu reo do doel kka yo

不好意思，可以問路嗎？

- -

지도를 좀 그려 주시겠습니까?

基頭惹 綜 可溜 租西給森你嘎

ji do reul jjom geu ryeo ju si get sseum ni kka

可以畫地圖給我嗎？

* * *

저는 외국인입니다. 천천히 말씀해 주시
겠어요?

醜能 圍估可影影你答 匆匆呵衣 媽兒審妹
租西給搜呦

jeo neun oe gu gi nim ni da cheon cheon hi mal
sseum hae ju si ge sseo yo

我是外國人，您可以講慢一點嗎？

* * *

저는 지금 이 지도에서 어디쯤에 있습니
까?

醜能 基跟 衣 基投耶搜 喔滴贈耶 衣森你
嘎

jeo neun ji geum i ji do e seo eo di jjeu me it sseum
ni kka

我現在位於這張地圖的哪裡？

* * *

서울시립미술관에는 어떻게 가면 됩니까?

搜屋兒西粒咪酥兒款內能 喔豆K 卡謬恩
腿你嘎

seo ul si rim mi sul gwa ne neun eo tteo ke ga
myeon doem ni kka

首爾市立美術館要怎麼去？

동물원까지 어떻게 가는지 가르쳐 주시겠
어요?

同目裸恩嘎基 喔豆K 卡能幾 卡了秋 租西
給蒐呦

dong mu rwon kka ji eo tteo ke ga neun ji ga reu
cheo ju si ge sseo yo

可以告訴我怎麼去動物園嗎？

- -

얼마나 가야 합니까?

喔兒媽那 卡呀 憨你嘎

eol ma na ga ya ham ni kka

請問要走多久？

- -

저는 어느 방향으로 가야 합니까?

醜能 喔呢 旁呵呀兒囉 卡呀 憨你嘎

jeo neun eo neu bang hyang eu ro ga ya ham ni
kka

我該往哪個方向走？

- -

걸어가면 시간이 얼마나 걸립니까?

口囉卡謬恩 西乾你 喔兒媽那 口兒領你嘎

geo reo ga myeon si ga ni eol ma na geol lim ni kka

走路去的話，要花多久時間？

- -

길을 모르시면 택시를 타도 됩니다.

可衣惹 摸了西謬恩 貼係惹 它豆 腿你答

gi reul mo reu si myeon taek ssi reul ta do doem ni

da

如果不知道路，也可以搭乘計程車。

걸어서 갈 수 있습니까?

口囉搜 卡兒 酥 衣森你嘎

geo reo seo gal ssu it sseum ni kka

用走得可以到嗎？

지름길이 있습니까?

基冷可衣里 衣森你嘎

ji reùm gi ri it sseum ni kka

有捷徑嗎？

지하철 역은 여기서 멀어요?

基哈醜兒 呦跟 呦可衣搜 摸囉呦

ji ha cheol yeo geun yeo gi seo meo reo yo

地鐵站離這裡很遠嗎？

이 근처엔 주유소가 있습니까?

衣 肯醜耶 租U搜嘎 衣森你嘎

i geun cheo en ju yu so ga it sseum ni kka

這附近有加油站嗎？

김치박물관으로 가려면 어느 길로 가야
합니까?

可衣恩七旁木兒款呢囉 卡溜謬恩 喔呢 可
衣兒囉 卡呀 憨你嘎

gim chi bang mul gwa neu ro ga ryeo myeon eo
neu gil lo ga ya ham ni kka

如果要去泡菜博物館，該走哪一條路呢？

• •

우회전입니까, 좌회전입니까?
烏灰總影你嘎 抓灰總影你嘎
u hoe jeo nim ni kka jwa hoe jeo nim ni kka

右轉還是左轉？

• •

부근에 잘 보이는 건물이 있습니까?
鋪可內 插兒 波衣能 孔木里 衣森你嘎
bu geu ne jal ppo i neun geon mu ri it sseum ni kka

附近有明顯的建築物嗎？

• •

이 길을 따라 쭉 가십시오.
衣 可衣惹 答拉 住 卡西不休
i gi reul tta ra jjuk ga sip ssi o

請沿著這條路一直走。

• •

첫번째 모퉁이에서 좌회전 하십시오.
抽崩賊 摸禿恩衣耶搜 抓恢總 哈西不休
cheot ppeon jjae mo tung i e seo jwa hoe jeon ha
sip ssi o

請在第一個路口左轉。

• •

이 방향이 맞습니까?
衣 旁呵呀衣 媽森你嘎

i bang hyang i mat sseum ni kka

是這個方向嗎？

. . . .

미안합니다만, 63빌딩이 어디에 있습니까?

咪安南你答慢 U山逼兒丁衣 喔滴耶 衣森你嘎

mi an ham ni da man yuk ssam bil ding i eo di e it sseum ni kka

對不起，請問63大廈在哪裡？

. . . .

실례하지만 제가 길을 잃었는데요. 당신은 이 지역을 잘 아십니까?

西兒累哈幾慢 賊嘎 可衣惹 衣囉能貼呦 糖西能 衣 基又哥兒 插兒 阿新你嘎

sil lye ha ji man je ga gi reul i reon neun de yo dang si neun i ji yeo geul jjal a sim ni kka

不好意思，我迷路了，您對這一帶熟嗎？

. . . .

길을 가르쳐 주서서 감사합니다.

可衣惹 渴了秋 租修搜 砍殺憨你答

gi reul kka reu cheo ju syeo seo gam sa ham ni da

謝謝你為我指路。

補充詞彙

방향
旁呵呀恩
bang hyang
方向

. . . .

위치
烏衣七
wi chi
位置

. . . .

북
鋪
buk
北

. . . .

남
南
nam
南

. . . .

동
同
dong
東

서
搜
seo
西

. . . .

여기
呦可衣
yeo gi
這裡

. . . .

거기
口可衣
geo gi
那裡（近稱）

. . . .

저기
醜可衣
jeo gi
那裡（遠稱）

. . . .

이쪽
衣走
i jjok
這邊

. . . .

저쪽
醜走

jeo jjok

那邊

. . . .

위
烏衣
wi

上

. . . .

아래
阿累
a rae

下

. . . .

왼쪽
為恩走
oen jjok

左

. . . .

오른쪽
喔冷走
reun jjok

右

. . . .

앞
阿
ap

前

뒤
吐衣
dwi
後

안
安恩
an
內

밖
怕
bak
外

옆
呦布
yeop
旁邊

중간
尊恩感
jung gan
中間

맞은편
媽爭匹呦恩

343

ma jeun pyeon
對面

. . . .

대각선 쪽
貼卡松恩 走
dae gak sseon jjok
斜對面

. . . .

주변
租匹翁恩
ju byeon
周圍／周邊

從零開始學韓語單字

收錄初學者必背的單字
同時也是韓檢初級最常考的生字
針對每個詞彙
補充類義詞、反義詞、相關詞彙,
以及好用的例句
更詳細整理出動詞、形容詞的基本變化
小小一本,讓你輕鬆帶著走

就是這一本超實用韓語單字書

初學者必會的基礎單字
生活上常用的單字會話一應俱全
小小一本,韓語單字立即上手

Parrot

就是這一本超實用的旅遊英語

專為初學者設計
提供最實用的英語會話句子
一次搞定英語旅遊會話！
旅行不能忘記帶的英文小寶典！

從零開始學韓語會話

收錄初學者必學的韓語會話
本書依據各種話題，同時整理出會話、
文法、單字，以及補充例句，
讓初學者的你不小心就學會韓語，
從此想和韓國人聊天不再有口難言！

Parrot
鸚鵡螺

輕鬆學韓語：生活實用篇

想要一次學好韓語單字、會話及文法嗎？
這本韓語學習書囊括了所有生活中會出現
的單字、會話以及例句。同時針對基本動
詞、句型做最詳盡的解說，就算你是初學
者，也能自信滿滿地開口說韓語！

韓檢TOPIK初級中級單字一本就夠

本書整理出TOPIK韓語檢定考試必出的
初、中級詞彙，針對動詞、形容詞舉出
相關例句幫助學習，同時歸納出考生最
容易搞混、出錯的動詞以及形容詞變化
配合朗讀MP3加強聽力讓您輕輕鬆鬆取
得韓語初、中級證照！

語言鳥 Parrot

韓語館 系列 10

臨時急用！
你一定會用到的菜韓文-基礎實用篇

 編著　金研熙　 執行編輯　呂欣穎　 美術編輯　翁敏貴

出版社

22103　新北市汐止區大同路三段１８８號9樓之1
TEL　（02）8647-3663
FAX　（02）8647-3660

法律顧問　方圓法律事務所　凃成樞律師

總經銷：永續圖書有限公司
永續圖書線上購物網
www.foreverbooks.com.tw

CVS代理　美璟文化有限公司
TEL　（02）2723-9968
FAX　（02）2723-9668
出版日　2013年01月

國家圖書館出版品預行編目資料

臨時急用!你一定會用到的菜韓文-基礎實用篇
金妍熙編著. -- 初版. -- 新北市：語言鳥文化,
民102. 01　面；　公分. --（韓語館；10）
ISBN 978-986-88955-3-9(平裝附光碟片)

1. 韓語　2. 會話

803. 288　　　　　　　　　　101022653

Printed Taiwan, 2013 All Rights Reserved
版權所有，任何形式之翻印，均屬侵權行為

語言鳥 Parrot 讀者回函卡

臨時急用！
你一定會用到的菜韓文-基礎實用篇

感謝您對這本書的支持，請務必留下您的基本資料及常用的電子信箱，以傳真、掃描或使用我們準備的免郵回函寄回。我們每月將抽出一百名回函讀者寄出精美禮物，並享有生日當月購書優惠價，語言鳥文化再一次感謝您的支持與愛護！

想知道更多更即時的消息，歡迎加入"永續圖書粉絲團"

傳真電話：　　　　　　　　　　電子信箱：
（02）8647-3660　　　　　　　yungjiuh@ms45.hinet.net

基本資料

姓名：＿＿＿＿＿　○先生　電話：＿＿＿＿＿
　　　　　　　　○小姐

E-mail：＿＿＿＿＿

地址：＿＿＿＿＿

購買此書的縣市及地點：＿＿＿＿＿

☐連鎖書店　☐一般書局　☐量販店　☐超商

☐書展　☐郵購　☐網路訂購　☐其他＿＿＿＿＿

您對於本書的意見

內容　　　：　　☐滿意　☐尚可　☐待改進
編排　　　：　　☐滿意　☐尚可　☐待改進
文字閱讀　：　　☐滿意　☐尚可　☐待改進
封面設計　：　　☐滿意　☐尚可　☐待改進
印刷品質　：　　☐滿意　☐尚可　☐待改進

您對於敝公司的建議

＿＿＿＿＿＿＿＿＿＿＿＿＿＿＿＿＿＿＿

＿＿＿＿＿＿＿＿＿＿＿＿＿＿＿＿＿＿＿

免郵廣告回信　2 2 1 - 0 3

基隆郵局登記證
基隆廣字第000153號

新北市汐止區大同路三段188號9樓之1

語言鳥文化事業有限公司

編輯部　收

請沿此虛線對折免貼郵票，以膠帶黏貼後寄回，謝謝！

語言是通往世界的橋梁

語言是通往世界的橋樑

語言鳥 **P**arrot
語言是通往世界的橋梁